VÉRONIQUE OLMI

LA PROMENADE DES RUSSES

roman

BERNARD GRASSET
PARIS

ISBN : 978-2-246-72241-0

Ce livre est pour Pascal Elso.

« Nos petits-enfants ne comprendront jamais rien à ces stupides questions de visas, dit Podtiaguine qui examinait son passeport avec respect. Ils ne comprendront jamais qu'un simple tampon de caoutchouc puisse concentrer tant d'angoisse. Pensez-vous, ajouta-t-il avec inquiétude, que les Français me donneront vraiment un visa ? »

Nabokov, *Machenka*

« Lorsque tu liras ces lignes, retourne en arrière, pense que tu as treize ans, que tu es à Nice, que cela se passe en ce moment ! Pense que c'est vivant alors !... tu comprendras !... »

Marie Bashkirtseff, *Journal*

Ce matin-là elle m'a demandé de mettre mon doigt sur la ficelle très fort, pendant qu'elle faisait le nœud pour tenir bien serrées les pattes du poulet. J'ai appuyé de toutes mes forces, et on aurait dit que mon doigt était cassé au bout. C'est très dur de le retirer juste quand elle a fini le nœud, il ne faut pas que le doigt reste prisonnier de la ficelle, et il ne faut pas non plus le retirer trop vite et que les pattes mortes du poulet mort se relâchent d'un seul coup. Ma grand-mère met une concentration extrême dans le ficelage du poulet, et moi je n'ai pas le droit à l'erreur : il faut y arriver du premier coup, je ne sais pas pourquoi. « C'est impossible d'être deux dans une cuisine ! » elle me lance quand elle sent que j'hésite un peu, et ça me vexe drôlement, je fais de mon mieux, je peux le jurer.

Après, elle a allumé le feu de la cuisinière et elle a passé le poulet au-dessus de la flamme. Ça puait.

Ça faisait des petits grains noirs sur la peau blanche et molle, je crois que c'est ça qu'on appelle « la chair de poule », maman le disait quand elle rentrait du cinéma, je me souviens le cinéma lui donnait la chair de poule.

Moi, c'est de voir ma grand-mère cuisiner qui me donne le frisson. Elle allume le gaz du four et puis au lieu de lancer directement l'allumette, elle prend son temps. C'est un suspense terrible. Je me sens responsable de tout l'immeuble, parfois même je me demande si je ne suis pas complice de cette explosion qui arrivera tôt ou tard, en plein cœur de Nice. Je lui dis : « Lance l'allumette ! » et comme elle est sourde et que je suis obligée de crier, tout ça devient encore plus inquiétant, je hurle : « Lance l'allumette maintenant, Babouchka ! Lance l'allumette ! Mais vas-y !!! », et je vois bien que je l'agace, elle hausse les épaules et prend son temps pour gratter cette foutue allumette et la lancer dans le trou noir où le gaz l'absorbe dans un grand bruit de courant d'air. Et là, je respire. Même si ça sent affreusement le gaz, je respire, je suis soulagée, la mort tragique et accidentelle des voisins est remise à plus tard.

On a mangé le poulet avec ses amies russes qui parlent russe, je n'ai pratiquement rien compris. Leurs voix les unes sur les autres faisaient un fond sonore, comme une radio brouillée dans un pays lointain. De temps en temps ma grand-mère me disait : « Fais la jeune fille de la maison Sonietchka » – quand elle dit ça, c'est rarement parce qu'elle a besoin de mes services, c'est plutôt une façon à elle de couper le sifflet à ses vieilles copines, et leur montrer qu'elle et moi on forme une équipe. Comme je ne veux pas qu'elle perde la face, j'obéis. Je me lève. Je fais la « jeune fille de la maison » en passant les plats avec le sourire gentil de la gentille coéquipière, celle que toute grand-mère rêve d'avoir chez elle. Les autres me demandent : « Tu as quel âge maintenant ? », « Tu es en quelle classe ? », « Tu mesures combien ? » Je réponds n'importe quoi, elles s'en fichent. Une fois j'ai dit en passant le bortsch à la vieille Xénia Andréevna : « 12 ans pour trois mètres soixante », elle a pas pipé. Soit elle ne connaît pas les mesures françaises, soit sa fascination pour le bortsch lui fait perdre tout jugement. Quoi qu'il en soit, ces repas sont ennuyeux, longs, et plus les amies de Babouchka sont nombreuses, plus je me sens seule.

Heureusement, elles ne sont pas restées longtemps après le repas, c'est fatigant pour elles de digérer, alors il faut qu'elles se couchent. Elles sont rentrées se coucher. Chez elles, dans leurs petits appartements pleins de vieux châles et d'œufs décorés, de samovars qui ne servent à rien et d'icônes-épargnées-par-la-Révolution. La Vierge est si calme, elle n'a jamais eu peur de Staline, elle est au-dessus de ça, leur Staline et leur Lénine, elles en font tout un fromage mais quand je regarde la Sainte Vierge si jolie et si plate, je me dis que pour échapper aux tyrans, il fallait juste rester très calme et ne pas se ruer tous au même moment dans les mêmes gares, mais je sais que je me trompe, je sais que je ne peux pas comprendre. « Ce sont des douleurrs qui se comprrennent en russe », ma grand-mère disait toujours ça quand je lui posais des questions, maintenant comme je n'ai toujours pas appris le russe, je ne lui en pose plus. Je regarde l'icône de la Vierge, et je me dis qu'avec une maman comme elle, si jolie et si plate, avec ses doigts si fins qui ont l'air de rien toucher, on ne doit même pas voir passer Staline. Ou juste deux secondes. Juste le bruit d'un train qui passe très vite, et puis qui disparaît. Staline est toujours plein de trains. La Révolution de ma grand-mère est une histoire de trains. La Russie est un immense pays traversé par des trains. Tolstoï voyageait en 3e classe, je le comprends. En 3e classe l'imagination devait être servie. A part l'odeur du vomi et des œufs durs, je pense comme Tolstoï que la 3e classe est bourrée de gens incroyables à qui il arrive des choses incroyables, qu'il faut raconter le plus simplement du monde, pour que même ceux à qui il n'arrive jamais rien aient envie de les lire. Bien assis dans les wagons 1re classe, qui sentent la poudre de riz et les parfums français.

Quand les amies de Babouchka sont parties digérer dans leurs appartements qui sentent le chat pisseux et le vieil édredon, ma grand-mère qui ne se croit pas assez vieille pour faire la sieste, a commencé ses réussites, et avec un petit air supérieur elle m'a dit : « Quand je pense que passé trrois heurres de l'après-midi, elles tombent ! je ne m'étonne pas que les Rouges soient toujourrs au pouvoir ! » Le jour où l'une d'elles lui a avoué qu'elle s'endormait chaque soir à 19 h 30, elle a haussé les épaules en soufflant : « Brrejnev doit bien rigoler ! », et parfois je me dis que si elle pense que Brejnev les craint et les surveille comme le lait sur le feu, c'est qu'elle a encore l'espoir de peser dans la balance. Et pourquoi la décourager ?

Quand elle s'est mise aux réussites, moi je l'ai regardée. Vraiment, elle ne ressemble pas à ses amies. Elle a du rouge à lèvres et une bosse dans le dos parce qu'elle est très grande et qu'elle a du mal à se tenir, ses amies sont petites et droites. Elle a un collier de perles, des bas et des bagues, souvent ses bas sont filés mais elle ne le voit pas et heureusement, car si elle le voyait elle se trouverait vieille, et elle serait déçue. Il y a des petites choses dans la vie qui la rendent très malheureuse. Une tache sur son chemisier la met dans un état d'angoisse angoissant pour tout le monde, elle dit qu'elle se fiche du chemisier, c'est du synthétique acheté aux Galeries Lafayette, mais c'est plus qu'une tache, c'est une marque évidente de vieillesse. Il y a deux choses selon elle qui sont une marque évidente de vieillesse : la tache, et la chute. Tomber dans la rue est son pire cauchemar, celui qu'elle essaye d'éviter à tout prix en s'accrochant à moi très fort, j'ai horriblement mal à l'épaule et j'appréhende toujours nos sorties, mais la sortie quotidienne fait partie du programme anti-laissez-aller, difficile d'y réchapper. Ainsi chaque jour on sort, sous l'œil inquiet de Brejnev.

Ce soir-là elle a joué aux cartes jusqu'à ce qu'il fasse presque nuit, ce qui est très mauvais signe, signe qu'on n'allait pas pousser jusqu'à la Promenade des Anglais parce que ses amies russes l'avaient franchement énervée. Parfois je me demande si elle ne les invite pas pour ça : être énervée et les trouver vieillies, dépassées, la risée de tout opposant sérieux aux Soviétiques. Moi, ne pas sortir évidemment ça m'arrangeait, j'aime pas trop sortir avec elle. Plus elle s'accroche à moi pour lutter contre la chute qui marque l'entrée dans la vieillesse, plus elle a l'air vieille, et plus j'ai mal à l'épaule et honte aussi de ces gens qui nous regardent et nous dépassent. Je n'ai jamais trouvé personne qui se déplace aussi lentement qu'elle et je connais les trottoirs par cœur, les pièges à éviter, les passages cloutés qui font dix kilomètres de long, les motos mal garées devant le bar-tabac de la rue Auber, et le fils de la boulangère de la rue de la Buffa qui fait du vélo sur le trottoir – ce gosse-là chutera avant ma grand-mère j'en ai fait le serment. Rien n'est supportable chez ce môme. Il s'appelle « Lionel », un prénom qu'on dit en bavant, un prénom à appareil dentaire, et il a une coupe au bol, ses cheveux blonds filasse bien égalisés sur son crâne ressemblent bizarrement au rideau de la porte de la boulangerie. On dirait que ce Lionel baveux a été fait avec la moustiquaire jaune. Quand on passe devant la boulangerie avec Babouchka, il slalome autour de nous en crachant, comme un flic dans son talkie-walkie : « Attention convoi exceptionnel ! Attention ! Attention ! » Mais je ne vais pas le laisser grandir aussi facilement, un jour je le ferai tomber, le guidon tordu de son vélo enfoncé dans le crâne, et alors il aura fini de jouer avec nous.

Quand la nuit tombe sur le jeu de cartes de Babouchka, on sent leur odeur, je ne sais pas pourquoi. Ça sent la transpiration et le carton, ça sent la maison fermée, le bois de la table avec la cire dessus, ça sent ma grand-mère aussi, la poudre sur ses joues et la laque Elnett. Je me suis demandé ce que ses amies et elle avaient pu se raconter pour que ça la mette dans cet état, pour qu'elle oublie la sortie obligatoire, je ne les avais pas entendues parler plus fort que d'habitude, toutes ces sourdes qui pensent que la splendeur de la Sainte Russie vit encore en elles, et qui me bénissent avec leurs doigts fripés comme si j'avais besoin de leur accord pour vivre.

Quand elle a allumé la lumière, Babouchka m'a regardée, étonnée que je sois encore là, ou déjà là, enfin que je sois là. Elle a plissé les yeux derrière ses gros verres pour voir de près, elle avait du mal à comprendre, mais quand elle s'est signée trois fois en soupirant, j'ai su qu'elle se souvenait que maman était partie depuis dix jours. Elle m'a dit : « Qu'est-ce qu'une enfant de ton âge fait enferrmée toute la jourrnée c'est malsain », et elle m'a envoyée faire une course au Bon Lait. Je savais que c'était du bluff et qu'on allait manger les restes, comme à chaque fois que ses amies viennent déjeuner, et surtout qu'elle allait se ruer sur ce papier à lettres que je déteste.

Elle m'a envoyée faire une course parce que je la gêne quand elle écrit au président de la République, ou au président de l'ORTF, ou au président de tout ce qui la révolte, et surtout aux présidents des journaux, ce que j'appréhende le plus.

Je suis sortie. Elle était tellement tracassée par sa lettre qu'elle avait oublié de mettre le papier dans ma poche. Quand je sors seule, bien que j'aie 13 ans, ma grand-mère écrit mon nom, mon prénom et son adresse sur un papier qu'elle met dans ma poche, et je peux sortir mais pas longtemps, elle chronomètre, et malgré tous mes efforts quand je rentre j'ai droit à une scène : elle était folle d'inquiétude, mon père en général est déjà prévenu de ma mort, il a l'habitude il ne se déplace plus, les policiers elle ne les appelle jamais, elle craint les policiers plus que tout. Quand on les croise dans la rue elle se redresse en souriant et se tait illico, « les policiers n'aiment pas les accents – surrtout le mien », c'est ce qu'elle dit.

J'ai pensé que si elle avait oublié le papier avec mon nom, elle oublierait peut-être aussi de me chronométrer, et j'étais tranquille pour un moment, je pouvais y aller sans courir et oublier Staline. Alors j'étais légère, je me suis imaginé que je n'étais plus la petite-fille de Babouchka, mais que je vivais à Nice depuis dix générations, et ma mère tenait une bijouterie sous les arcades de la place Masséna. Ma famille était l'exemple même de la famille française catholique laborieuse, aux noms simples comme « Dubois » ou « Petitjean », mes oncles étaient boulangers ou moines trappistes, et je m'appelais « Camille » comme les petites chéries de la Comtesse de Ségur (et certainement pas « Sonietchka », j'ai toujours l'impression que l'on tombe quand on m'appelle, c'est pas agréable de commencer une conversation par une chute).

En descendant les escaliers, légère et catholique, j'ai croisé monsieur Tara, qui habite au 3e. Il est gros, avec un tout petit chien qui n'est presque jamais par terre, mais toujours dans ses bras. C'est une femelle, il l'appelle « Mimine ». Je n'aime pas croiser monsieur Tara, son regard est toujours très au-dessus de moi, très clair presque transparent, et il ne sourit jamais. Il dit « Bonjour » ou « Bonsoir » avec un léger soupçon dans la voix, c'est bien simple, à chaque fois c'est comme s'il me demandait : « Alors... ? Qu'est-ce que tu as fait de mal aujourd'hui ? » Il n'ouvre pas la bouche quand il parle, on dirait qu'il économise tout, son regard, ses mots, sa chienne qui marche jamais. Mimine touche le trottoir juste pour faire ses besoins, après, vite vite, monsieur Tara la reprend dans ses bras, comme si le trottoir n'était pas assez bien pour elle, comme si c'était une sacrée déchéance d'être obligée de s'accroupir comme ça dans le caniveau. Ce soir-là, il se tenait à la rampe, l'air un peu sonné, et du coup il faisait plus gros, avec son gilet tendu, ses trois boutons au bord de l'explosion, et autour du cou son fameux foulard bordeaux – ma grand-mère met tout le mépris qu'elle a pour lui dans ce foulard bordeaux, elle dit : « Je ne peux pas t'expliquer, mais ça rrésume le bonhomme, méfie-toi de lui. »

Comme il avait l'air fatigué ce soir-là, j'en ai profité pour descendre les escaliers très vite, histoire de lui montrer combien c'est facile quand on est jeune. Je pensais qu'il n'aurait même pas le temps de me répondre quand j'ai lancé un : « Bonsoir monsieur Tara ! » très désinvolte, mais il a dit : « On se calme, jeune fille », avec sa voix toute froide et ses yeux transparents, ça m'a drôlement vexée. En fait, il n'est pas si vieux que ça. Beaucoup moins vieux que ma grand-mère, en tout cas. Il y a énormément d'âges dans la vieillesse, ça peut aller très loin la vieillesse, c'est un truc qui prend son temps, on sait quand ça commence, on sait pas quand ça finit. Monsieur Tara est à la retraite, mais il est toute la journée dehors, il donne des cours de diction ce qui est étrange pour un type qui cause comme un ventriloque, avec une bouche immobile.

A cette heure-là, la rue était pleine de gens qui rentraient chez eux, la nuit apportait un peu de froid, ça sentait l'air frais comme à la campagne. Les gens avaient acheté du pain, ceux qui avaient acheté des fleurs à la place sont ceux qui ne rentraient pas chez eux.

Devant Le Bon Lait, l'épicière attendait assise à côté des bananes noires que personne n'achète. Elle avait l'air de se demander si la nuit allait vraiment venir, elle regardait à droite à gauche, des petits coups de tête vers le ciel comme pour lui dire : « Alors ? Alors qu'est-ce que tu fous ? », mais le ciel n'a rien répondu et est devenu vraiment noir, il s'est installé, muet et tranquille, j'aime bien. J'aime bien quand c'est vraiment la nuit. J'aime bien quand Le Bon Lait s'allume à l'intérieur. La lumière est moche, les rayons sont verdâtres, mais j'aime me sentir dans cette fausse lumière où plus rien n'a d'importance. L'épicière a un tic de langage. Elle répète en boucle, même si on ne lui cause pas : « Et oui… Ah ben dame, oui oui oui… » Babouchka dit que c'est parce qu'elle vient de la campagne, l'arrière-pays niçois, c'est une paysanne au bord de la mer. Les paysannes au bord de la mer disent « dame », elles veulent faire chic et c'est raté, elles font péquenaud, le langage trahit toujours les origines. Maman interdisait toujours à ma grand-mère de passer sa commande au restaurant, elle le faisait pour elle en la fusillant du regard pour être sûre qu'elle moufte pas. Parfois ma mère faisait une erreur dans la commande, et Babouchka mangeait ce qu'elle n'avait pas demandé en disant : « J'aurrais dû te laisser dans un kolkhoze ! », et ma mère riait, un rire plus moqueur que joyeux.

Au Bon Lait, j'ai pris un bocal de cornichons ridicules, des cornichons français chétifs et tordus comme des petits poissons morts, les vrais malossols sont hors de prix, « le trraiteur du boulevarrd Tzarrevitch joue honteusement avec la nostalgie de ses clients », c'est ce que dit ma grand-mère, et sur ce point-là elle et ses amies sont d'accord. Comme je m'imaginais que j'étais la fille de la bijoutière sous les arcades de la place Masséna, j'ai regardé avec un dédain criant les bagues coccinelles accrochées à la tétine des biberons en plastique, remplis de bonbons multicolores. Je suis sûre que l'épicière a noté mon accablement, ça ne pouvait pas lui échapper, les biberons sont près de la caisse. Je meurs littéralement d'envie devant ces bagues. Je rêve d'en passer une à mon doigt, elle m'ouvrirait des mondes pleins d'histoires à rebondissements, je le sais. Mais c'est impossible. Babouchka les trouve vulgaires, et les gamines qui les portent ont l'air de « babazoukes niçois », injure suprême. J'aimerais pas être à leur place. Outre le côté « vieux Nice misérable », le babazouke a un côté mitraillette, peloton d'exécution qui, prononcé par ma grand-mère qui en a vu d'autres, fait froid dans le dos. L'épicière a encaissé mon billet de dix francs en murmurant : « Ah ben dame oui... Oui oui oui... », et je suis sortie.

J'ai traversé le jardin Alsace-Lorraine désert, j'ai remonté la rue Giuglia où les portes des immeubles sont lourdes et se referment avec une grosse paresse riche et infaillible, et j'ai été triste d'un seul coup.

D'un seul coup ma mère m'a manqué.

Son accent français. Sa cuisine française. Son air rêveur quand elle m'appelle « Sonia ». Ma chambre à côté. Mes livres d'Emily Brontë ou de Daphné du Maurier, mes 33 tours de Michel Delpech, les photos de Michel Piccoli et Romy Schneider – ses yeux bleus, même en noir et blanc.

J'ai eu un sacré cafard. J'étais triste de tout. Des collines tout autour. De la mer dans la nuit. Des lumières qui serpentent sur la Corniche. Des frères et sœurs qui se disent des secrets. Des télés qui s'allument et des speakerines qui sourient, leurs longues jambes en biais, de tout ce qui est simple et qu'on peut partager sans en parler parce que voilà, ça fait partie du quotidien et le quotidien c'est pas un drame. Même leurs mensonges sur l'absence de maman, c'est pas un drame. C'est pas la première fois et c'est pas la dernière, elle revient toujours faut juste la laisser prendre un peu le large, c'est ce qu'elle dit et je sais que c'est vrai.

J'ai été triste de tout ça, mais surtout je savais ce qu'était en train de faire Babouchka, je savais ce qui se tramait encore une fois, et j'aurais donné cher pour ramener ces cornichons français à une bonne vieille grand-mère française.

Elle n'était même pas inquiète. Elle n'avait pas décroché son téléphone pour annoncer ma mort. Elle n'avait pas hurlé mon nom en russe par la fenêtre. Elle n'était pas sortie dans la rue en chaussons, pour demander aux passants s'ils n'avaient pas vu « une petite fille se faire kidnapper par deux hommes surgis d'une voiture, et ils n'avaient rien pu faire, mais avaient-ils relevé le numéro d'immatriculation » etc., etc. Le cirque habituel.

Elle avait investi la table de la salle à manger, la table où elle reposerait morte elle, « la dernière survivante de la Révolution bolchevique, et qui témoignerait après elle ? » Bref, elle avait étalé sur la table de la salle à manger tous les documents nécessaires, car il était temps que la justice éclate.

J'ai dit que j'allais mettre les cornichons au frigidaire et lire dans ma chambre, mais elle m'a dit d'approcher d'abord. J'avais pas envie. Je savais ce qui m'attendait. Ça me foutait des picotements dans le ventre et dans le haut des cuisses, j'ai essayé de regarder tout ça de loin, mais elle m'a crié d'approcher « enfin Sonietchka de quoi as-tu peurr ? »

Je me suis approchée l'air le plus « adulte » possible, blindée, presque blasée, j'avais l'air ahuri de celle qui mâche du chewing-gum j'en suis sûre, en tout cas c'est cet air-là que j'essayais d'avoir pour me détendre au maximum.

Je l'aurais parié. C'était encore ce foutu numéro d'*Historia*. Avec la photo. Celle où on voit une tapisserie abîmée comme celles des immeubles qu'on démolit, avec ces trous dans le mur, ces taches. J'ai regardé. Les rayures sur la tapisserie salie. Défoncée. Fracassée. J'ai regardé pour la millième fois, et pour la millième fois la même peur et les mêmes questions : comment avait-on pu tuer onze personnes dans une si petite pièce ? Comment les Romanov étaient-ils empilés, bousculés, piétinés ? Comment étaient-ils tombés, paniqués, torturés, blessés ? Tués ?

Je n'avais plus du tout l'air blasé de celle qui mâche son chewing-gum avec désinvolture. J'étais sur la défensive, prête à écouter l'éternelle rengaine, celle qui fait toujours peur, et d'ailleurs c'est peut-être pour ça que Babouchka me la ressort régulièrement : je suis bon public. Certaine de son succès, elle m'a demandé avec la même fraîcheur que si elle jouait la scène pour la première fois : « Alorrs ? Tu vois ces taches et ces trrous sur le mur de la chambrre, hein ? Et tous ces mensonges dans les jourrnaux ? Le directeur d'*Historria*, ce pauvre monsieur Melchior-Bonnet, préfère confier l'enquête à des journalistes frrançais ignares, plutôt qu'à une petite fille qui ? Une petite fille qui ? Dis-le Sonietchka, dis-le : une petite fille qui ? »

C'était à moi, je devais enchaîner au plus vite, d'une voix blanche j'ai balancé la réplique attendue :

— Une petite fille qui avait l'âge d'Anastasia...

Elle a soupiré. Elle a retiré ses lunettes pour voir de près, elle a laissé ses épaules retomber, et sa bosse dans le dos est ressortie comme si elle l'avait retenue en même temps que sa respiration, sa fatigue et sa révolte depuis 1918. Son doigt a tapé plusieurs fois contre la photo de la petite chambre où s'est déroulée la tuerie, mais elle ne disait plus rien. Elle s'était barrée en 1901, l'année qui les avait vues naître toutes les deux, Anastasia Romanov et elle. Elle tient à cette année-là comme si dans toute la Sainte Russie, seules deux enfants avaient vu le jour : l'Altesse Impériale et elle. Voilà. Certains réservent une table au restaurant pour être sûrs d'être attendus et bien placés, ma grand-mère elle, a réservé le début du XXe siècle, et on n'a pas fini d'en entendre parler.

Elle était partie loin, et sans me mettre à contribution cette fois. Elle devait penser en russe très fort, et qu'est-ce que je pouvais y comprendre, moi qui n'avais jamais eu faim, moi qui n'avais jamais eu froid, moi qui n'avais jamais eu peur ? « Va te coucher ! Va te coucher ! » elle a dit, les yeux toujours fermés. Je n'ai pas osé lui dire qu'on n'avait pas dîné et je suis partie sur la pointe des pieds, moi qui avais la chance de dormir dans un lit, de dormir dans des draps, moi qui aurai bientôt à mon tour l'âge de Son Altesse Impériale la grande-duchesse Anastasia Nicolaevna, le jour de la célèbre tuerie.

J'avais envie de sentir encore l'air frais du soir, et voir les petites lumières dans les maisons, qui font toujours croire qu'à l'intérieur tout se passe au mieux. C'était calme. Les gens étaient dans leurs petites cases, les appartements bien en place les uns sur les autres, plus personne n'était en retard, pressé ou inquiet, la nuit s'était posée sur Nice, les grillons faisaient leurs bruits du soir, des chants grinçants et tristes, et je me suis demandé où est-ce que dormaient les tourterelles, est-ce qu'il est possible qu'elles tombent en dormant, comme ça m'arrive parfois ? Les gens passaient devant leurs fenêtres, je les voyais bouger derrière les rideaux blancs, je voyais aussi les télés allumées et puis, les uns après les autres, les volets qu'on fermait. Les jalousies qu'on rabat. Nice est plein de jalousies au vert passé, et je me demande de qui on doit être jaloux : de ceux qui s'embrassent dedans, ou de ceux qui se rencontrent dehors ? Tous ces volets clos, comme si après une certaine heure, c'est fini : on ne doit plus se regarder les uns les autres... Je suis rentrée dans la chambre et j'ai descendu les persiennes.

Je me suis couchée et j'ai ouvert *Rebecca* mon livre préféré, le prix de Français de maman en classe de troisième, ce livre rouge sur lequel elle a écrit d'une grande écriture ronde et sans faire une seule tache : « Nice, France, Europe, le 21 juin 1938 : Olga Iourievna Loubovski, première de sa classe. » Et je ne sais pas ce qui me plaît le plus, le prix de maman, sa petite note, ou la première phrase du roman : « J'ai rêvé l'autre nuit que je retournais à Manderley », mais cette phrase est devenue mon talisman, la porte d'entrée de toutes mes évasions, et mes rêves commencent tous par ces premiers mots magiques sur Manderley. J'aime cette histoire, j'aime la fierté de ma mère, j'aime même le nom de l'auteur : « Daphné Du Maurier », un nom chic, qu'on aimerait lire sur une petite carte de visite posée sur un plateau d'argent.

Ce soir-là, ça a été difficile de m'évader avec *Rebecca*. Ma grand-mère ne m'avait pas lu sa lettre, mais elle le ferait, je le savais. J'ai l'habitude de ces nuits où elle surgit comme une vieille chouette avec les feuilles qui tremblent au bout de ses mains tordues. Tout ce que je peux faire avant qu'elle déboule avec ses obsessions, c'est engranger un maximum de rêves à moi, mais ce soir-là, même en me répétant plusieurs fois : « J'ai rêvé l'autre nuit que je retournais à Manderley », ça n'a rien donné, je n'avais pas l'esprit libre, Anastasia Nicolaevna était de retour parmi nous. J'étais couchée dans le lit de maman petite, ce lit où elle avait dû s'endormir elle aussi avec le fantôme d'Anastasia, le mystère de cette jeune fille fantasque qui appelle le Tsar « papa », et qui le voit mourir, et aussi sa maman, et son frère, ses sœurs, le docteur et les domestiques, c'est incroyable cette adolescente rescapée du massacre, et devenue aussi vieille que ma grand-mère, cette ancienne jeune fille qui se cache maintenant, qui est peut-être la voisine, une vieille dans un jardin public, l'épicière du Bon Lait, on ne peut pas savoir puisque c'est une énigme, la plus grande énigme de l'Histoire.

Je parle parfois à Anastasia le soir dans mon lit. Je lui parle pour avoir moins peur d'elle, m'y habituer et regarder ses photos dans *Historia* sans avoir le cœur qui gonfle et cogne dans mon ventre. Je lui parle pour qu'elle envoie un signe à ma grand-mère, qu'elle arrête de recopier et d'envoyer toutes ces lettres qui parlent des Romanov et de Lénine, et ce petit frère qui saigne, mon Dieu quelle horreur ! Je lui demande de m'envoyer un signe à moi aussi, pour me confirmer que son frère le tsarévitch est vraiment mort, et je ne le verrai jamais surgir avec ses plaies, son nez qui coule du sang, son air chétif, ses paupières bleues, et Raspoutine qui court derrière.

Ce soir-là, j'ai regardé longtemps le mur de ma chambre, les ombres longues que font les persiennes. J'étais dans le lit de maman petite, et je voyais les mêmes dessins qu'elle sur le mur, les mêmes éclats quand les voitures passent dans la rue et que leurs phares se reflètent près de l'icône de la Vierge. Je me suis levée pour l'embrasser, et lui demander d'empêcher Babouchka de venir avec sa lettre, ses témoignages que je connais par cœur : « Les bijoux protecteurs sur la poitrine d'Anastasia ont fait rebondir les balles des bourreaux. » J'ai supplié longtemps : « S'il te plaît, Marie très sainte, empêche-la de venir avec sa lettre, ses lunettes pour voir de près, et ses formules de politesse en mauvais français, empêche-la », et j'ai enchaîné avec des prières en boucle, ça a fait comme une espèce de rond dans lequel je tournais et me fatiguais, et je me suis endormie à genoux, près de l'icône, son odeur de bois et de vernis.

Babouchka ne m'a pas vue dans le lit et là encore elle a cru à un enlèvement, sans même se demander par où avait pu passer mon ravisseur puisque tout était fermé, les portes, les fenêtres, et qu'il n'y avait plus personne dans les rues, même plus l'éclat des phares sur le mur de la chambre.

Ce sont ses hurlements qui m'ont réveillée, des cris de détresse accompagnés de prières en slavon, et les coups de balai des voisins contre les radiateurs en fonte.

Elle ne m'a pas vue dans le lit, je m'étais endormie auprès de l'icône, j'avais mal partout quand je me suis relevée. Elle appelait mon père quand je l'ai rejointe dans l'entrée, là où est posé le téléphone, à peine le temps de dire : « Recouchez-vous Joseph, la petite m'a été rrendue », et elle m'a regardée avec l'air vexé de celle qui s'est fait avoir, mais elle était soulagée aussi et elle m'a juste dit : « Pourr la centième fois Sonietchka, où sont tes chaussons ? » J'ai couru me coucher sans répondre.

Elle m'a suivie.

Elle m'a pas lu sa lettre.

Elle était trop fatiguée à cause des émotions dues à mon kidnapping, et les retrouvailles qui ont suivi.

Elle a allumé la petite veilleuse en porcelaine rose, elle s'est assise au pied du lit, elle m'a bénie et elle a dit : « Tu me prrends pour une vieille folle ? Tu crrois que je suis une vieille folle ? »

Comment pouvait-elle imaginer que j'ose lui manquer de respect, comment pouvait-elle imaginer que je lui réponde « Oui », alors que non seulement elle me paraissait plus jeune tout d'un coup, mais qu'en plus je crois au mystère Anastasia autant qu'elle ?

Elle n'aurait pas dû me paraître plus jeune. Elle aurait dû me paraître mille fois plus vieille là, sans maquillage, sans bijoux, les jambes nues, et sa robe de chambre aux manches usées et à l'ourlet défait derrière. Mais elle me regardait vraiment, sans penser à autre chose, et plus je regardais ses yeux plus j'oubliais sa vieillesse tout autour. J'ai pensé que les bébés naissent avec les yeux bleus, et qu'elle avait gardé ses yeux de bébé. J'ai pensé que lorsqu'elle est née peut-être sa mère s'est dit : « Pourvu que ma petite Macha, ma Machenka chérie, garde ses yeux bleus en grandissant. » Et chaque jour elle regardait son bébé en vérifiant la couleur, et quelle victoire le jour où elle a compris que le bleu ne s'en irait pas, c'était du définitif, à la vie à la mort, les yeux bleus sont les yeux d'amoureux.

Elle a baissé la tête en soupirant, et elle est redevenue vieille. Sans ses yeux, elle devient vieille. On voit que plus rien ne tient très bien ensemble, c'est lourd, c'est tordu, ça doit être dur d'être grand quand on est vieux, c'est fatigant un grand squelette quand on est vieux, elle, même assise elle a du mal à se porter, sa tête a l'air de peser des tonnes, son cou n'en peut plus depuis le temps.

Elle a regardé ses doigts, ses mains se sont caressées doucement comme si elles prenaient soin l'une de l'autre, et je me suis demandé pourquoi on ne se touchait jamais elle et moi – à part bien sûr quand elle me démonte l'épaule pour ne pas tomber dans la rue. Elle a regardé ses doigts et elle leur a dit : « J'en ai tellement vus… Ils disparraissaient. On ne les revoyait jamais. On les cherrchait mais on ne les revoyait jamais. »

Et elle s'est tue. Ses doigts ne bougeaient plus, comme tétanisés par la nouvelle. Alors elle les a regardés encore un petit moment, puis elle a ouvert les mains, les paumes tournées vers le ciel et elle a tapé ses genoux pour donner le signal du départ. Elle s'est relevée en faisant « che… che… », parce que c'était difficile, et elle est partie dans sa chambre en traînant les pieds, elle n'avait pas oublié ses chaussons qui faisaient un bruit de claquettes molles sur le parquet.

Je n'ai pas éteint la veilleuse rose tout de suite.

Je réalisais doucement ce qui venait de se passer.

Babouchka ne parlait pas à ses doigts, il faut être logique : les doigts russes de ma grand-mère russe comprennent le russe. Or, ma grand-mère avait parlé français. Ma grand-mère M'avait parlé. Directement. Un aveu terrible et douloureux que je ne comprenais pas vraiment, mais terrible et douloureux quand même.

Qu'est-ce qu'elle attendait de moi ?

Le lendemain quand je me suis réveillée, j'étais toute différente. Je me demandais si elle allait continuer à me parler de la Révolution en français. J'avais envie et j'avais pas envie, c'était un mélange bizarre. Dès que j'ai ouvert les yeux, j'ai vu que les persiennes laissaient passer des éclats de soleil, je sentais toute cette chaleur contre la vitre. Le matin Nice est une ville trop petite pour le soleil. La lumière s'étale de partout, elle descend du ciel et s'installe sur les toits, les rues, la mer, les collines, elle se faufile comme une pieuvre bouillante, et puis elle se resserre, elle se condense, et alors impossible de l'éviter et toute la journée les gens ne vont parler que de ça. Le soleil sur la ville ne donnait pas trop envie de parler de Staline, mais plutôt d'essayer de faire comme les autres, dire : « Dis donc tu as vu ce soleil filons à la plage oublie pas la crème », toutes ces phrases qu'on prononce comme des habitués de la vie, Babouchka elle, est toujours à côté, ou plutôt en arrière. Elle est trop grande avec trop de souvenirs pour marcher au même rythme que les autres et dire : « Dis donc tu as vu ce soleil filons à la plage. » Je ne sais même pas si elle a jamais vu le temps qu'il fait, elle est très orgueilleuse faut dire, elle n'aime dépendre de rien ni de personne, et c'est pas le temps qui va lui dicter sa journée. L'avantage c'est qu'elle ne se plaint jamais, je ne l'ai jamais entendue dire qu'il faisait trop chaud ou trop froid, la déshydratation, la grippe, c'est des histoires de vieux, elle ne se sent pas concernée. C'est comme les jardins publics. Elle a toujours refusé de s'asseoir sur un banc dans un jardin public. Sur un banc face à la mer, c'est possible. Dans un jardin public, c'est honteux. Elle dit que ça fait vieux. Des fois je ferais bien une pause sur la petite place Mozart quand on rentre du marché, ou dans le jardin Albert-Ier quand on revient de la mer et que j'ai une épaule plus basse que l'autre, mais je ne tente même pas le truc. Je ne vois pas le rapport, mais à chaque fois qu'on aperçoit un vieux assis sur un banc elle dit : « Moi, je mourrai debout ! », même si le type a pas vraiment l'air de mourir, mais plutôt de souffler un peu en regardant les moineaux se faire avoir par les pigeons.

Je n'ai pas traîné au lit. J'entendais les filles Mariani jouer à la marelle dans la cour, elles criaient : « Ciel ! », « Menteuse, sale tricheuse ! », « Ciel, j'te dis ! », et puis ça s'est dégradé : « Pôvre connasse, va ! », « Vieille rascasse ! », alors leur mère y a mis du sien, elle était encore plus grossière qu'elles, on aurait dit qu'au lieu de les reprendre elle essayait de leur apprendre d'autres insultes, des nouvelles, plus percutantes. Elle criait : « Corinne, tu m'escagasses ! Ça suffit Cricri de faire ta pouffiasse ! », des choses comme ça, et j'ai pensé que c'est vrai le langage trahit les origines, et ça doit pas être agréable d'être au restaurant avec madame Mariani.

Ce matin-là je n'ai pas traîné au lit, d'abord parce que c'est interdit, ensuite parce que j'entendais Babouchka farfouiller dans l'appartement, et je me demandais ce qui se préparait. Traîner au lit est interdit à cause de la paresse qui ramollit le cerveau et entraîne les mauvaises pensées. Lire au lit par exemple, est très dangereux : « L'esprit divague, le corps devient lascif », c'est le point de vue de ma grand-mère, des fois j'ai envie de lui dire de poser les armes, mais je ne crois pas qu'elle comprendrait.

Je me suis levée. Dehors les choses ne s'arrangeaient pas, les sœurs Mariani s'envoyaient les pierres de leur marelle en pleine figure, Corinne a crié qu'elle était défigurée, alors sa mère pour la consoler a hurlé : « Si vous vous blessez, je voue tue toutes les deux, les pisseuses ! », et puis elles ont dû aller régler ça en famille et à huis clos, je ne les ai plus entendues. De temps en temps une tourterelle en appelait une autre, c'était joli, je me suis demandé si elles avaient trouvé un peu d'ombre.

Je me suis levée et je suis allée me « débarbouiller », comme dit ma grand-mère. J'aime pas ce mot, dit par elle avec ses *r* cabossés, il est encore pire, il fait « ratatouille » « barbouze », et j'ai horreur des gants de toilette.

Le matin moi, j'aimerais prendre un bain. Ou une douche. Ou aller à la mer. J'aimerais commencer par de l'eau. Ce serait froid, ce serait chaud, je m'en fous. Ce que je voudrais c'est commencer par effacer la nuit, mes prières, les siennes, les phares des voitures, et le balai des voisins contre les radiateurs en fonte. Tout ce qui se passe la nuit se noierait. Je verrais les angoisses de ma grand-mère disparaître dans le siphon de la baignoire, ça s'étranglerait dans un bruit de gargarisme, et alors elle oublierait le temps où elle cherchait tous ceux qu'elle aimait et qui disparaissaient dans des voitures. Mais le matin je dois juste me débarbouiller avec ce savon qui pue les toilettes des restaurants, et surtout ne pas me laver tout entière, « devenir narcissique » comme elle dit, et abîmer ma peau, toute cette eau c'est mauvais : « C'est mauvais de se laver trrop souvent Sonietchka regarrde-moi : un bain tous les quinze jours et je suis toujourrs là. »

Je ne sais pas si elle le pense vraiment ou si elle veut faire des économies ou, comme dit maman, « jouer les vieilles émigrées », se rappeler le temps où les difficultés ont commencé, pour ne jamais penser à celui de l'enfance dans le palais près de la Neva gelée, où l'eau du bain était parfumée et la femme de chambre lui frottait le dos avec une serviette brodée à ses initiales.

Je l'ai rejointe dans la salle à manger qui sentait le café au lait, l'odeur du café au lait m'écœure – d'ailleurs le lait non plus n'aime pas ça, il tourne, il fait des petits grains, il ne se dilue pas, c'est pas son milieu naturel le café. Ma grand-mère y rajoute quatre morceaux dc sucre, alors ça comme dit maman « c'est le pompon, autant se faire directement une piqûre d'insuline ». Heureusement ce matin-là elle avait fait griller du pain, ça rattrapait tout, l'odeur du pain grillé donne envie d'ouvrir la fenêtre, recevoir un peu d'air frais comme le bonjour du dehors, mais à Nice il ne faut ouvrir ni les fenêtres ni les volets, sans quoi en deux secondes le soleil pique tout l'oxygène de l'appartement et la journée est fichue. N'empêche, cette odeur de pain grillé était très accueillante et donnait envie de sourire et se frotter les mains en demandant : « Alors qu'est-ce qu'on fait aujourd'hui ? », sauf que je ne risquais pas de le demander. Je le savais déjà.

C'était là, bien en évidence.

Les deux enveloppes, la lettre, et les lunettes pour voir de près.

« Cette fois-ci ! elle a dit en versant du café au lait dans mon bol, j'ai décidé d'être lyrrique ! » J'ai regardé mon bol et j'ai prié pour qu'elle ne m'élise pas « interlocuteur privilégié » comme elle dit, la grande tradition orale russe, et Pasternak lisant *Le Docteur Jivago* trois jours et trois nuits de suite, tous ces génies ces poètes ces martyres son peuple etc. Le seul avantage, c'est que même sans n'avoir jamais rien appris ni écouté à l'école, j'ai la tête et l'imagination farcies d'un nombre incalculable de prix Nobel, héros immortels et auteurs essentiels, je les connais mieux que les filles de ma classe ou les voisins de Babouchka que je croise pourtant tous les jours.

Le café au lait était froid, elle était tellement émue qu'elle en a renversé sur la toile cirée et sur le pain grillé qui l'a absorbé et s'est transformé illico en petite serpillière marron. J'ai regardé ma grand-mère et j'ai dit : « C'est comme ça qu'il comprendra. » Je parlais du directeur d'*Historia* qui, bien qu'ayant reçu plus de quinze lettres d'elle, n'a jamais répondu, même si elle prend soin de joindre à chaque fois une enveloppe timbrée avec son adresse pour lui faciliter la tâche et insister sur l'urgence de la situation. C'est à se demander s'ils ont un service courrier dans ce magazine. Si on écrit à *Nice Matin*, au *Journal de Spirou*, ou à *Salut les copains*, ils répondent. Si vous oubliez l'enveloppe timbrée pour le retour, pas de problème : ils vous répondent directement dans le journal, comme à une vieille connaissance, ils vous donnent du « chère madame » ou « salut fidèle lecteur de *Spirou* », ils vous mettent à l'aise. Vous demandez les adresses des chanteurs, les dates de brocante ou l'âge du dessinateur de *Natacha hôtesse de l'air*, ça ne leur pose pas le moindre problème, ils écrivent ça noir sur blanc, sûrs de leur fait.

Babouchka a mis ses lunettes. Ses yeux bleus sont devenus petits. La feuille bougeait toute seule dans sa main comme sous le coup d'un petit vent, alors elle l'a posée bien à plat sur la table et l'a caressée plusieurs fois pour la calmer, et comme toujours avant de commencer elle a dit comme si elle me soupçonnait : « Tu tiens VRRAIMENT à ce que je te la lise ? » J'ai à peine souri, ça suffisait, elle n'en demandait pas plus pour soupirer devant mon insistance, se racler la gorge et se lancer. Quand elle se lance, c'est plus la même. Souvent je vérifie qu'il n'y a vraiment personne d'autre dans l'appartement, c'est idiot je sais, mais plus elle s'emporte plus je jette des petits coups d'œil gênés tout autour. Je me demande si les interlocuteurs privilégiés de Pasternak connaissaient cette sensation d'angoisse et d'effarement, si Pasternak aussi se transformait d'un coup, ça ne m'étonnerait pas, d'ailleurs sur les photos je trouve qu'il ressemble à un cheval qui va s'emballer. C'est exactement ce qui se passe avec Babouchka. Elle a les yeux plus petits que ceux de Pasternak, mais elle s'emballe. Elle se jette dans ses propres mots, son bras et sa main partent tout seuls, elle parle de plus en plus fort, elle postillonne, son accent tape, je ne comprends plus ce qu'elle lit, ça devient compact, elle ne respire plus, elle manque s'étouffer. Je me demande pourquoi elle a peur des policiers français, moi si j'étais policier français, jamais je ne lui demanderais ses papiers, je ne voudrais pas savoir d'où vient cette femme-là, ce cheval furieux qui va finir par se casser les pattes contre une barrière, un banc public, et qui aura le courage de venir l'achever ?

Et puis elle s'arrête. Juste avant de mourir étouffée, elle s'arrête. C'est fini, elle a tout lu, toute sa lettre, y compris la formule de politesse en mauvais français qui fait qu'à mon avis elle n'a même pas besoin de signer pour que le directeur d'*Historia* sache qui elle est.

J'avais envie de hurler et de courir jusqu'à la mer, plonger tout habillée dans le bruit des vagues sur les galets, et les cris des mouettes qui s'en foutent. Je mordais mes lèvres pour ne pas pleurer, ne pas cracher la peur qu'elle venait de me faire. J'avais envie d'être encore Camille Dubois, la fille de la bijoutière sous les arcades de la place Masséna. J'avais envie d'avoir une bague coccinelle, d'être babazouke niçois, d'être catholique, d'avoir un oncle trappiste. J'avais envie qu'on frappe à la porte et qu'une vieille Anastasia débarque et lui vende ses salades et sa vérité, et qu'on en finisse. Moi je retournerais me coucher à Manderley, où j'ai un lit à baldaquin dans lequel je me passe nonchalamment du vernis à ongles rouge en écoutant Dalida chanter *Bambino*.

Comme je n'ai pas pu courir à la mer, comme je ne m'appelle pas Camille Dubois et qu'aucune Altesse n'est venue frapper, j'ai pleuré dans mon café au lait. Je ne pleurais pas de chagrin, je pleurais presque de fatigue. Je ne pouvais rien faire pour empêcher ça, et ça aurait pu durer longtemps si Babouchka après avoir retiré ses lunettes pour voir de près, ne m'avait pas regardée en penchant la tête avec une petite grimace de douleur et avait soupiré :

« Jamais tu n'aurrais survécu à la Révolution. » Et puis elle est partie, elle m'a fuie pour que je ne la contamine pas de ma faiblesse maladive.

C'était la bonne méthode, faut croire. J'ai arrêté de pleurer. Je suis retournée me débarbouiller, mais sans savon cette fois, juste l'eau froide, très froide sur mon visage tout gonflé, certains sèchent leurs larmes, moi je les mouille, mes larmes se diluent bien dans l'eau.

J'étais fatiguée tout d'un coup. Ma tête était lourde, j'avais de grosses jambes et mon nez était bouché, je respirais par la bouche ce qui me donne l'air idiot, je sais. Dehors les tourterelles s'appelaient encore, on entendait même leurs ailes, comme du tissu froissé. Et puis malgré le soleil qui cognait, une fenêtre s'est ouverte et les tourterelles sont parties. Par la fenêtre ouverte on entendait la chanson de Joe Dassin : *Champs-Elysées*, qui passait sur Radio Monte Carlo, un bébé criait et une femme a dit plusieurs fois : « Mais Christine surveille-le, le petit ! », mais le bébé a continué à crier, apparemment Christine s'en fichait.

Je me suis assise sur mon lit et j'ai fredonné : « On a chanté, on a dansé, et on n'a même pas pensé à s'embrasser ! Aux Champs-Elysées... » Je voulais effacer l'histoire d'Anastasia, je voulais l'éloigner de Nice, l'éloigner de la France... « Aux

Champs-Elysées ! Au soleil, sous la pluie... » Cette fois-ci, il était impossible que le directeur d'*Historia* résiste, Babouchka avait été très loin dans la reconstitution lyrique de cette nuit de massacre. Moi qui aime tant les débuts, j'étais servie. Elle avait commencé sa lettre par : « Imaginez, très cher estimé monsieur Melchior-Bonnet, l'haleine putride du garde bolchevique murmurant à l'oreille de la jeune Altesse : " Ce soir on vous emmène dans la maison à destination spéciale ". » Cette maison s'appelle vraiment « la maison à destination spéciale », cette maison me terrifie. La baïonnette, les rafales dans le cœur, les balles dans la tête, les corps déshabillés, découpés, dépecés, l'essence, le feu, l'éclat des diamants rouges oh mon Dieu ! Vingt-cinq personnes dans la chambre à la tapisserie rayée, mais pas elle, pas Anastasia la miraculée.

Le chanson de Joe Dassin s'est finie sous la pluie de Paris et Jean-Pierre Foucault a pris le micro, une Liliane qui n'avait plus l'air très jeune lui a demandé sa photo dédicacée, il a dit « Mais bien sûr Liliane ! » et ils ont passé une pub pour les pommes golden, la fenêtre s'est refermée brusquement, et la radio s'est éteinte en même temps. Le bébé ne pleurait plus. Les tourterelles étaient muettes.

J'étais seule avec Anastasia.

Avec sa jeunesse massacrée, avec sa personnalité

de garçon manqué, ses rêves, ses grimaces, ses tours de magie, sa vie qui passe à la même vitesse que celle de ma grand-mère, les mêmes anniversaires, les mêmes rides et les mêmes peines. Oh ! je voudrais que la police de Brejnev suive Anastasia et la kidnappe, enfin. Qu'un train l'emmène. Qu'une maladie la terrasse. Qu'elle s'asseye sur un banc et meure !

Que le mystère soit fini. Qu'il fasse jour dans l'appartement, que la lumière éloigne les fantômes, que toutes les radios hurlent des chansons de Joe Dassin et que les cadavres s'évaporent.

Je voudrais qu'il fasse jour et qu'on soit vivantes.

Alors j'ai vu les longues jambes de Babouchka sur le pas de la porte. Elle avait retiré ses chaussons, elle avait mis ses chaussures marron à talons compensés, et ses bas malgré la chaleur. « C'est l'heurre d'aller faire les courrses », elle a dit avec un petit étonnement. J'ai levé les yeux et elle avait l'air tellement innocente, tellement loin de la tragédie et du combat pour la justice, que je me suis demandé si je n'avais pas inventé cette seizième lettre. Mais quand je me suis levée et que j'ai pris son panier, j'ai vu l'enveloppe au fond. Bon, j'ai pensé, encore ce foutu détour par la poste, et puis j'ai souri parce que j'étais bien contente d'aller voir à quoi ressemblait la ville ce matin-là.

Personne ne nous avait attendues pour commencer la journée, ils s'y étaient tous mis depuis longtemps, la plupart étaient déjà pressés et chargés, les trottoirs sentaient la Javel. La concierge, madame Claudine, nettoyait avec colère les vitres de la porte d'entrée, madame Claudine déteste son métier et tous ceux qui la voient le faire, c'est-à-dire nous tous, les habitants de l'immeuble. Elle nous regarde toujours avec rancune, l'air de dire : « Espèces de salauds, c'est à cause de vous si je fais ce sale boulot ! » C'est gênant. Moi, je suis toujours gênée quand je la croise. Elle me regarde lentement de la tête aux pieds, avec une petite grimace, et quand elle me demande : « Ça va ? », avec sa lèvre supérieure retroussée et ses narines qui se soulèvent, je vois bien qu'elle me trouve vraiment gonflée d'aller bien, alors qu'elle se ruine la santé à récurer l'immeuble. Parfois quand je passe à côté d'elle, je me force à tousser, histoire de lui montrer que tout n'est pas rose, mais elle n'a pas l'air d'y croire. Quand elle passe la serpillière, c'est pire. Je marche tout doucement sur le côté, et sur la pointe des pieds, mais elle me fusille du regard, la haine l'envahit, comme dit Babouchka : « Avec une concierge comme ça, vaut mieux pas être juif. »

Ce matin-là, la lumière se jetait sur les vitres de la porte d'entrée et on voyait les traces laissées par le chiffon de madame Claudine, qui râle quand il fait beau et aussi quand il pleut. Bien qu'elle s'en méfie un peu, ma grand-mère adore croiser la concierge. Elle la traite toujours comme si c'était la dernière domestique que les Soviétiques avaient daigné lui laisser. Elle la considère comme son dernier bijou, sa petite perle rare, et elle se redresse toujours quand elle la salue, elle respire mieux tout d'un coup.

— Alorrs, ma petite madame Claudine, quoi de neuf aujourrd'houi ?

Comme si l'autre allait lui apporter les dépêches du jour ou la liste des prochains invités pour le bal. Mais son foutu accent russe gâche tous ses efforts et je ne pense pas que le mépris de la concierge lui échappe, quand elle répond :

— Les poubelles ont été mal descendues hein, comme d'habitude, mais on est où là ? Hein ? Dans le vieux Nice ? Où ?

Alors Babouchka sourit, mais elle se courbe légèrement, et aussi vite qu'elle peut, c'est-à-dire pas beaucoup, elle s'éloigne. Moi je pense que la concierge devrait me baiser les pieds à chaque fois qu'elle me croise, et que si elle continue à se plaindre de la façon dont je descends les poubelles, la prochaine fois qu'il y aura du poulet je hurlerai pas à ma grand-mère de jeter fissa l'allumette dans le four. On verra si on est dans le vieux Nice, cet endroit où on parle patois, ou dans le quartier des Musiciens, le quartier moitié chic, moitié russe, où on descend les poubelles après les avoir lavées d'abord.

Ce matin-là, le soleil avait fait main basse sur tous les recoins de la ville, je suis sûre que la mer brillait déjà et qu'on ne pouvait pas la regarder sans plisser les yeux, la main sur le front. C'était une belle journée. Je ne sais pas si les gens savent qu'ils ont échappé à la tragédie, s'ils sentent qu'ils se sont levés pile poil dans les bonnes dates du calendrier, et au bon endroit. Si ce matin-là un type avait hurlé au mégaphone : « 1942 ! » ou pire : « Stalingrad 1942 ! », ça aurait donné autre chose, le marché aurait été dévalisé en moins de deux et la mer serait devenue rouge. Mon grand-père imitait parfois les types au mégaphone, il avait été figurant à la Victorine, ce qui ne plaisait pas à Babouchka mais rapportait beaucoup. Au bout de quelques années, pour faire plaisir à sa femme il avait arrêté la figuration pour travailler dans les bureaux de La Mondiale, compagnie d'assurances vie. Il en était mort neurasthénique et incompris, c'est ce que crie maman quand elle se dispute avec ma grand-mère, autant dire à chaque fois qu'elles se croisent. Mon grand-père avait vu Arletty, Maria Casarès et Simone Signoret, il les avait transportées avec lui derrière son bureau encombré par la machine à écrire, la machine à calculer, le carbone et les trombones, mais elles n'avaient rien pu faire pour lui. La Mondiale abritait trois stars mondiales, mais il était quand même mort d'ennui et de nostalgie. Mon grand-père a passé son temps dans la foule. Il a commencé dans celle des régiments de 1914, puis il a rejoint l'armée des volontaires antibolcheviques, puis la foule des émigrés qui montent dans des trains, des bateaux géants, et pour finir, celle des figurants qui encombrent les boulevards, traversent les avenues et dansent en souriant autour des stars, c'est selon les ordres du mégaphone.

Moi aussi ce matin-là j'étais dans la foule, enfin c'est ce que j'imagine. Parfois je me transforme en dessin de Chagall, j'arrive directement du musée de Cimiez et je vole au-dessus de la ville, je vois qu'il y a du monde autour de nous, plein de gens vivent en même temps que Babouchka et moi, et je nous vois, deux heures pour arriver au marché tout au bout de la rue Rossini, au milieu de tous ces passants qu'on ralentit, qui ne savent pas que cette trop grande dame qui les gêne c'est Macha Sergueievna, une noble de Pétersbourg, qui écrit à Pompidou, à Giscard d'Estaing, au directeur d'*Historia*, et qui la doublent avec des sifflements de mépris, des allures de chevaliers bafoués. Alors je nous mets dans une bulle étanche pour ne pas être blessée par leurs réflexions, il faut bien que je trouve la force d'avancer jusqu'à ce foutu marché au bout de la rue Rossini où je vais devoir vérifier toute la monnaie qu'on lui rend, parce qu'elle se fait avoir une fois sur deux. Les commerçants essayent de la rouler, ils pensent qu'elle n'y voit rien, ils ont pas tort, sauf que moi je compte les pièces dans sa main, et une fois sur deux je lui dis qu'il en manque pas mal. Les autres font leurs surpris, je les déteste ces marchands de poissons et de patates qui la traitent comme une vieille sénile sans importance. Le pire c'est qu'elle les croit, elle croit leurs excuses, tout juste si elle ne les remercie pas, si elle n'est pas gênée. Ma seule vengeance, c'est de savoir que quand elle aura rejoint les étoiles, eux auront son âge et se feront rouler dans la farine par des paysans et des pêcheurs, mais je ne serai pas là pour les défendre. Je serai loin du marché de la rue Rossini qui disparaîtra en même temps que ma grand-mère, et je traînerai plus jamais dans le coin, c'est sûr. Je reviendrai jamais. J'irai à Paris, où les émigrés sont pas seulement russes mais aussi chinois, portugais, arabes, espagnols, où les Bretons ont leurs quartiers et les intellectuels aussi, et personne n'est vraiment de Paris, tout le monde est d'ailleurs et se mélange dans les sous-sols du métro, on ne sait pas où vont les gens, les gares les aéroports les taxis sont reliés au monde entier, pas comme ici où tout le monde va à la plage et se baigne été comme hiver, été comme hiver il faut être jeune et à l'aise, pas vieux et lyrique certainement pas.

Si je ne veux pas faire le marché, je ne le fais pas. Je piétine avec Babouchka, j'ai mal à l'épaule, je porte les sacs, je vérifie la monnaie, mais je sais que c'est du passé. J'y suis plus. On est déjà mortes toutes les deux, on est anciennes, démodées, finies, comme toutes celles qui sont passées avant nous. En fait, j'anticipe juste de quelques années, et j'ai le droit. Avant nous dans ce marché, il y avait plein d'autres grands-mères avec leurs petites-filles et elles faisaient quoi ? Elles se faisaient rouler pareil, elles comptaient la monnaie, elles disaient : « Ça fait longtemps qu'on n'a pas fait une petite dorade », ou : « Tu n'aimes toujours pas le fenouil ? » Et parfois une marchande offrait une demi-mandarine à la petite ou des cerises qu'elle accrochait à son oreille, la grand-mère disait : « Ne tache pas ton chemisier » et puis elle mourait, pour que la petite grandisse et devienne elle aussi la grand-mère etc. Et demain c'est mon tour. Depuis des siècles la Méditerranée voit débarquer des petites-filles qui ont fini de porter le panier de leur grand-mère, et qui viennent faire des ronds dans l'eau, histoire de souffler un peu avant de vieillir.

Babouchka elle, quand elle était petite, se baignait dans la mer Noire, c'est dur à imaginer et quand en plus on sait que c'est en Crimée, ça fait peur. J'ai vu dans mon livre d'histoire un Bolchevique le couteau entre les dents, mon vieux, des types effrayants comme ça j'en ai vu qu'au cinéma. Peter Lorre je trouve, après *M le Maudit*, aurait pu jouer le Bolchevique criminel en Crimée. Le pays de ma grand-mère est immense et c'est incroyable le nombre de morts que font les moindres déplacements, les manifestations, les grèves, ou même les fêtes et les défilés. Les Slaves, même au plus fort de leur joie, meurent piétinés, étouffés les uns sur les autres, on n'a pas idée. Babouchka, jamais vous ne la ferez aller au carnaval, maman quand elle était petite s'est toujours échappée pour pouvoir y aller, même la Bataille des fleurs ma grand-mère ne voulait pas, pourtant la Bataille des fleurs, c'est doux, très ensoleillé, les gens sont contents eh bien non, pour elle c'est impossible, une avenue où il y a du monde et des policiers est une avenue à catastrophe imminente.

Les mers ont de drôles de noms. La mer Noire. La mer Rouge. La mer Morte. Au collège ce qui les fait rire c'est de me dire en chœur : « Mer d'Azov comme dit ma grand-mère qui est russe ! » J'ai mis un certain temps à comprendre, il a fallu que je me le répète plusieurs fois avant de réaliser que « Mer d'Azov » voulait dire « Merde alors ». Leur bêtise est incroyable, parfois je me demande s'ils vont grandir comme ça, avec toute cette bêtise accrochée à eux, si c'est juste l'âge ingrat, comme du gras, quelque chose qui tombe quand les membres s'allongent, et alors ils deviennent plus intelligents, ils s'affinent on pourrait dire. Mais quand même. Le nombre d'idiots qu'il y a dans une cour de récréation, c'est impressionnant. Je me demande si c'est pas le collège qui fait ça, c'est très dur de ne pas finir idiot au collège, ils écoutent tellement la prof, elle les rend stupides à leur répéter à tous la même chose avec les mêmes mots. Heureusement je ne me sens pas concernée. Sûrement grâce au « Mer d'Azov », sûrement parce que ma grand-mère est russe, j'ai un tout petit décalage qui me sauve la mise. Eux, croient tout ce qu'on leur dit, ils écoutent en chœur et ils récitent en rythme, évidemment ils sont très bien notés. Ils ont réponse à tout. Vous leur dites : « Huit fois huit Hugues Capet futur antérieur », ils répondent dans la seconde. Ils ont tout ça dans la tête et ils attendent avec impatience qu'on leur demande : « Huit fois huit Hugues Capet futur antérieur. » C'est pour ça qu'ils sont nerveux, à force d'attendre qu'on les interroge ça les ronge, souvent dans la cour de récré après avoir embêté les émigrés, ils se cassent la gueule entre eux ou dessinent des zizis poilus dans les toilettes, des trucs comme ça. Ils sont au bord de l'implosion. Moi en cours, j'arrive pas à suivre. En fait je n'ai jamais rien suivi. A part les vies mouvementées des héros de Tolstoï, Pouchkine, Pasternak ou Tchekhov, que les profs ne semblent pas connaître plus que ça, j'ai un retard considérable. Je crois que je n'ai jamais rien écouté, c'est trop tard, même si je m'y mettais maintenant c'est trop tard. Je ne pourrais pas faire les divisions à deux chiffres par exemple, vu que je ne connais pas mes tables de multiplication. En Russie, enfin en URSS, ils comptent avec des bouliers, c'est dire si peu de gens dans le monde savent faire les divisions à deux chiffres. De toute façon ce n'est pas humain de rapetisser le monde comme ça. Moi, j'ai besoin d'avoir un horizon large, c'est pour ça que la mer me calme. Elle est incalculable. Il ne faut pas casser le monde avec des divisions à deux chiffres, il faut le coucher bien à plat devant la mer et en tirer les vraies conclusions : la vie dure deux secondes et demie et on a mal évalué la distance.

J'aime la Méditerranée. C'est la plus orgueilleuse de toutes les mers. Elle donne rien. C'est pas elle qui va se projeter sur le rivage, faire échouer des baleines, ou tenter d'abattre en vain une falaise. Elle est installée dans la ville, posée au seuil de nos maisons, elle bronche pas, mais je pense qu'on a intérêt à faire gaffe. D'ailleurs à Nice, c'est pas facile d'entrer dans la mer. Les galets forcent le baigneur à avancer comme un enfant qui fait ses premiers pas, il trébuche, il se raccroche aux autres avec des petits cris, difficile de faire le malin quand on décide de se baigner à Nice, c'est pour ça que les filles qui font leurs crâneuses préfèrent bronzer en alternance sur le dos et le ventre en écoutant la radio, plutôt que d'avoir l'air de rentrer dans l'eau sur des talons aiguilles.

En revenant du marché où Babouchka s'était fait rouler sur les betteraves, les poivrons, et même le fromage blanc, on a croisé ma copine Suzanne qui habite à la gare. C'est la honte de sa vie. Elle n'invite jamais personne chez elle. Personne ne sait à quoi ressemble l'appartement du chef de gare et de sa famille. Sauf moi. J'y suis allée une fois pour apporter ses devoirs à Suzanne qui avait une angine blanche, j'avais profité de ce moment de faiblesse pour sonner chez elle avec le sourire fatigué de la gentille camarade de classe qui a fait un long détour, chargée comme un mulet, mais j'ai été déçue. Sa mère a commencé par m'engueuler parce que j'avais sonné alors que sa « petite » dormait, et elle ne m'avait même pas fait entrer. C'était sombre et je m'étais tordu le cou pour apercevoir un portemanteau vide, un canevas encadré et accroché au mur, à côté d'un coucou suisse à qui on avait dû clouer le bec pendant que la « petite » dormait. J'ai longtemps cru que Suzanne avait honte de sa mère qui devait engueuler tous les visiteurs avant même de leur dire bonjour, et du canevas accroché au mur, mais je me trompais. Si Suzanne n'invite personne chez elle c'est à cause de la formule : « Il est cocu le chef de gare. » J'essayais de me rappeler l'allure de sa mère, et j'avais du mal à comprendre son malaise. Et puis, mon « mer d'Azov comme dit ma grand-mère qui est russe » et son « il est cocu le chef de gare », nous ont étrangement rapprochées. On a décidé d'un commun accord que toutes celles qui avaient échappé à ces deux malédictions étaient rien moins que des connasses. Ça nous a réchauffé le cœur, on s'est mis à côté en classe, mais Suzanne ne m'a jamais invitée chez elle et le jour où elle a eu la grippe je ne lui ai pas apporté ses devoirs, c'était trop contagieux.

Ce matin-là, ma grand-mère a regardé Suzanne comme si c'était pas le moment pour elle de passer rue Rossini. Aussi, malgré mes présentations hurlées avec gêne, elle a fait celle qui n'entendait rien, voyait mal, et devait urgemment poster sa lettre avant la levée du soir. Il était 11 heures du matin. Même à notre rythme proche du surplace, on avait de la marge. Mais rien à faire, Suzanne ne rentrait pas dans le champ de vision de Babouchka, qui après un demi-coup d'œil s'est détournée en pensant sûrement que mes amies me ressemblaient : Suzanne n'avait pas l'air d'une petite fille qui aurait survécu à la Révolution. Après une bise et un « peut-être à une autre fois alors dis donc tu as vu ce soleil je file à la plage », Suzanne nous a quittées avec soulagement. Sans connaître ma grand-mère elle avait dû sentir le dédain criant de la noblesse russe pour la fille du chef de gare qui est cocu.

Quand je l'ai vue s'éloigner, j'en ai voulu à Babouchka. Pas pour la façon dont elle ignorait mes copines, mais plutôt pour celle qu'elle avait de ne pas sentir comme il faisait beau et comme ça aurait été bon d'être banales et d'enfiler un maillot de bain. Je parle pour moi, évidemment. Ma grand-mère ne se baigne jamais, elle est bien trop occupée à me surveiller. Elle porte toujours pour l'occasion un immense chapeau de paille à rubans, presque aussi large qu'un parasol, elle met sa main devant ses yeux comme un capitaine qui surveille les flots, et celui du *Titanic* devait pas être plus angoissé qu'elle quand il a heurté l'iceberg. Dès que j'ai réussi à entrer dans l'eau et que j'ai fini de trébucher pour m'allonger et faire quelques brasses, elle hurle : « Ça suffit maintenant rreviens ! Rreviens maintenant ça suffit rreviens ! » Jusqu'à ce que je sorte de l'eau, pas pour la rassurer, mais pour la faire taire. Je lui explique que ça fait une minute trente-cinq pas plus que je me baigne, et que je voudrais me noyer elle ne m'en laisserait pas le temps, elle ne met pas ma parole en doute et me dit : « Excusc-moi Sonietchka, va te baigner, va ! Je suis morrte d'inquiétude, je suis si fatiguée, mais va, va te baigner ! Mon Dieu quelle fatigue, va ! » Alors bien sûr j'attrape ma serviette, mes habits, et on rentre. Elle s'accroche à moi en silence, elle marche lentement, tête baissée comme un petit âne têtu. Elle est contente. Le contrat a été rempli : on a eu notre promenade quotidienne.

Quand mon grand-père dansait à côté de Simone Signoret, à quoi il pensait ? On lui avait mis une fausse moustache et une casquette pour faire mauvais garçon, lui il avait eu deux orteils gelés à la guerre. Et des éclats d'obus dans le crâne, qu'on lui avait jamais retirés. Et ses trois frères étaient morts, dont un qu'il avait enterré lui-même et qui s'appelait Volodia. Volodia était amoureux d'une juive, mais un jour elle était morte en même temps que beaucoup d'autres juifs déportés en Oural, parce que le yiddish se rapproche dangereusement de l'allemand et que les Russes avaient peur de perdre la guerre, ça n'avait aucun rapport, mais il paraît que le pogrom avait un peu calmé la colère du Tsar, sa peur de perdre la guerre. Juste après le massacre de sa fiancée en 1915, Volodia est mort en héros. Il s'est porté volontaire, il s'est levé et a couru face aux Allemands, ça n'a pas été long, une rafale de mitraillette dans le ventre. Alors mon grand-père a rampé sous les barbelés et il a ramené le corps de Volodia pour l'enterrer, mettre une croix sur la terre au-dessus, et dire une prière très vite, avant que les obus tombent encore.

Quand il dansait avec sa casquette de mauvais garçon, le mégaphone qui gueulait et la caméra qui ne s'intéressait pas franchement à lui, à quoi pensait Diedouchka, mon grand-père ? Il aimait attendre des heures avec une fausse moustache dans une fausse rue sous un faux soleil. Je n'ai jamais osé lui demander si deux orteils en moins, c'est très gênant pour danser. Je n'ai jamais osé lui demander grand-chose. Il ne me faisait pas peur. Il n'était pas méchant ni sévère. Son visage était long, ses yeux un peu penchés, on aurait dit un grand chien doux. On ne pouvait pas savoir à quoi il pensait, un peu comme les chiens. Ça ne se fait pas de comparer son grand-père à un chien, mais pourtant il était comme eux, je veux dire : il était à côté de nous, mais qu'est-ce qu'il voyait ? Est-ce qu'il voyait les mêmes choses que nous, comme nous ? Je ne crois pas. Lui aussi passait sa vie en noir et blanc. Simone Signoret et lui seront toujours en noir et blanc. Ses souvenirs sont pleins de neige, de fumée, de feu, de glace, de pain noir, de volontaires blancs, de rails : les trains des uns croisant les trains des autres, Lénine revient le Tsar s'en va, l'Oural, la Sibérie, la mer Noire... Je n'arrive pas à imaginer qu'il y ait de la couleur dans le passé de mon grand-père quand je revois ses yeux courbés qui regardent ailleurs.

J'aurais aimé aller avec lui au cinéma, me promener, manger une glace, toutes ces choses qu'on peut faire dans n'importe quel pays et à n'importe quel âge. Mais on ne l'a jamais fait, il n'était pas n'importe qui.

Un homme qui creuse la tombe de son frère, et des années après danse avec une fausse moustache en tenant une figurante dans ses bras, à quoi il pense ?

Un homme qui hurle de douleur en retirant ses bottes et ramasse ses orteils gelés, et puis sourit quand un mégaphone lui demande, comment il voit le monde ?

Un homme qui voit ses frères mourir, les fiancées juives mourir, les enfants, les marins, les insurgés, les hémophiles, les ouvriers, le peuple russe mourir, et qui des années après fait des contrats d'assurance vie en français, est-ce qu'il n'est pas normal qu'il meure de chagrin ? Est-ce qu'il n'est pas normal que mon grand-père ait lâché ce monde sans s'intéresser à moi ? A part ce qui se passe dans la cour de récréation et mes feuilletons à Manderley, qu'est-ce que j'aurais eu à lui raconter ? Parfois quand il me regardait, j'essayais de prendre l'air mystérieux, l'air de la fille qui a un secret si lourd qu'elle a du mal à le cacher. Par exemple, la fille qui est amoureuse d'un juif, ou qui prend des cours de théâtre sans le dire et a déjà fait des essais pour *Guerre et Paix*, elle attend la réponse elle ne peut pas encore en parler. Diedouchka faut croire, était la discrétion même, malgré mes soupirs mal camouflés, mes yeux rêveurs et mon air tourmenté, il ne m'a jamais demandé si j'aimais un juif ou si j'allais jouer Natacha Rostova. C'est parce qu'il est mort quand j'avais 10 ans, tout ça n'était pas très crédible, peut-être qu'aujourd'hui il s'intéresserait à moi, aurait des doutes et me poserait des questions.

Il ne fréquentait pas les associations d'exilés, les clubs d'anciens Russes blancs, tout ça le dégoûtait il ne voulait pas parler du Tsar avec ma grand-mère. Maman dit qu'elle l'a empêché de retourner là-bas à l'époque où il fréquentait les gens de l'Union pour le Retour. Il y a eu des scènes terribles, maman était petite mais elle n'a jamais oublié, elle disait qu'elle avait passé son enfance avec des parents qui se disputaient, ne savaient pas s'il fallait rester ou partir, sortir ou rentrer, elle disait : « Je ne savais jamais si la porte allait s'ouvrir ou se fermer. »

Pour moi, c'est plus simple. Maman est partie. Je crois qu'elle tient ça de ses parents, sa culture russe, elle passe son temps à partir et à revenir. Enceinte de moi c'était pareil, elle a longuement hésité avant de se réjouir, elle a fait beaucoup de mobylette et de ski à l'époque, mais je n'ai jamais lâché l'affaire. Je me suis fait adopter par ma propre mère. Elle avait déjà 36 ans, et j'étais pour elle « un accident », une sorte de chute avant l'heure. Depuis que je suis née, je ne moufte pas. Je regarde. Je ne dis rien. Je ne pose pas de problème jamais. Je n'essaye même plus de prendre l'air mystérieux, c'est ma mère elle me connaît, elle n'y croit pas. Elle me regarde toujours en haussant un peu les sourcils et en essayant un demi-sourire, une tentative muette pour montrer sa bonne volonté et son impuissance aussi. Elle aimerait bien. Etre avec moi à fond, croire à tout ça, savoir où est sa place et s'y tenir. Elle n'y arrive pas. Elle se raisonne, elle essaye, ça tient quelques mois et ça lâche. Je vois bien qu'elle compte les années, elle attend le moment où toutes les responsabilités maternelles légales et obligatoires pourront se dissiper et la laisser s'envoler où bon lui semble, quitter ce demi-sourire de bonne volonté qui lui demande une énergie qu'elle mettrait volontiers ailleurs. Ma mère a besoin de gaieté. De légèreté. Elle a besoin de boire du champagne en fermant les yeux. Mettre une jolie robe même si elle est simple et pas cher, se sentir jolie et rire. Elle n'a toujours pas trouvé l'endroit où elle pourrait faire ça sans se sentir frivole et mauvaise mère, alors elle fait des repérages hors de la maison. Et puis elle revient, comme si elle était sortie faire une course ou secouer les draps, elle reprend la vie là où elle l'avait laissée. « Je t'ai déjà dit de ne plus mettre cette jupe Sonia, elle est trop courte maintenant ! », ou : « Dix fois que je demande à ton père de ne pas fumer ses horribles cigarillos dans la chambre ! » Elle nous engueule un peu, histoire de prendre les devants, et ça marche. Papa soupire en silence, moi je me retiens de la serrer très fort dans mes bras comme j'en ai envie, car ça ferait retrouvailles, et donc séparation, mais le soir elle reste un peu plus longtemps assise sur mon lit quand elle me dit bonne nuit. On n'est pas dupes elle et moi. On sait bien qu'elle est partie et qu'on fait semblant. Alors elle me caresse les cheveux et me demande : « Ça a été avec ta grand-mère ? » Je lui fais signe que oui. « Et avec ton père ? » Je fais pareil. Et là elle se retient, je le vois bien. Elle meurt d'envie de me dire : « Je t'aime », elle a les mots sur le bout de la langue et son sourire se tord un peu je la vois qui hésite, elle me fait de la peine. Au début j'essayais de l'aider en le disant la première, mais c'était pire que tout, elle se levait d'un bond et sortait de ma chambre en toussant et sans m'embrasser.

Le véritable amour de sa vie, c'est lui. Son père. Iouri Loubovski. Elle fugue beaucoup plus depuis qu'il est mort, elle est devenue très remuante, quelque chose l'étouffe, peut-être la rancune, tous ces reproches qu'elle lance à ma grand-mère et qui le feront jamais revenir. J'aimerais qu'elle ne le cherche plus, qu'elle ne regrette plus toute cette joie qu'il n'a jamais eue, qu'elle n'est jamais arrivée à lui donner. Il n'était pas heureux d'accord, mais maintenant il est mort, rien ne pourra jamais faire que Iouri Loubovski ait été heureux, en Russie ou en France c'est trop tard. Peut-être que tout petit, à l'abri de nos regards, il a été heureux. Avec sa maman qui lui chantait des chansons que chante une maman à son petit garçon. Parce qu'elle ne savait pas ce qui allait se passer, après. Bien sûr pour nous c'est simple, on ouvre un dictionnaire, un livre d'histoire, tout est marqué, mais elle ? Elle ne savait pas à quel point la Russie serait dans les livres, et s'appellerait l'Union soviétique, et Saint-Pétersbourg Leningrad, Lénine aussi était un petit garçon et ne s'appelait pas Lénine, tout a changé, les papiers, les passeports, on mourait quand c'était pas l'âge de mourir, on fuyait un pays qu'on aimait, mon grand-père c'est peut-être à ça qu'il pensait. Il ne se disait pas : « comme j'aimerais être celui qui danse avec Simone Signoret », « comme j'aimerais être celui qui n'a pas abandonné son pays », « comme j'aimerais ne jamais avoir enterré mon frère et avoir dix doigts de pied », mais non. Il pensait à ce que lui chantait sa maman et il avait l'air doux et ailleurs de celui qui se rappelle pas bien la chanson, et qui la cherche et qui essaye et qui la recommence toute sa vie, en espérant l'entendre encore une fois en entier.

Ma grand-mère a commencé à attendre la réponse. Je savais que l'attente viendrait, mais pas si vite, pas à peine rentrées du marché.

Après avoir croisé Suzanne, le retour s'est fait en silence, jusqu'à l'entrée de l'immeuble où madame Claudine était en grande discussion avec Gérard son fils, qui avait garé son solex contre la grille. Gérard est énorme. Tellement énorme que s'il rentrait avec son solex sous un chapiteau, sûr que tout le monde l'applaudirait. C'est un miracle qu'il tienne assis sur ce minuscule solex. Ils étaient en plein débat tous les deux. Elle ronchonnait, mais pas à cause des habitants de l'immeuble. Elle râlait en tordant son chiffon à poussière, elle reprochait à Gérard de ne pas l'avoir écoutée et d'avoir acheté un cadenas à chiffres. Lui se tapait les cuisses en gueulant plus fort : « Moman ! Je préfère les cadenas à clef, j'te l'ai jamais caché ! » On aurait dit qu'il inventait une danse, ça avait quelque chose de tyrolien. Babouchka a hésité à s'en mêler, elle ne comprenait rien à l'histoire mais je voyais bien que ça la contrariait de passer devant la concierge sans un mot d'amabilité envers le petit peuple. Elle a quand même un rang à tenir. Surtout qu'on venait de poster LA lettre au directeur d'*Historia*. Alors, arrivée à leur hauteur elle s'est arrêtée, elle a hoché la tête plusieurs fois en regardant alternativement Gérard et son solex, ce qui a fait régner soudain un grand silence étonné. Puis elle s'est tournée vers madame Claudine avec courtoisie et contentement :

— Il a encorre grrandi, elle a dit à propos de Gérard, qui est aussi petit qu'il est gras et a au moins trente ans.

Madame Claudine a eu un moment d'hésitation assez nouveau pour elle qui ne parle que par répétitions (les poubelles, les boîtes aux lettres, les paillassons, et parfois le soleil et la pluie) et puis finalement ça lui a plu, cette façon qu'avait ma grand-mère de la féliciter sur la croissance de son fils et elle a ronchonné avec le plaisir non dissimulé d'une mère débordée et attentive :

— Il a perdu sa clef !

Ça, Babouchka ne l'a pas entendu. Ou pas compris. Elle a pris l'air attentif de celle qui réfléchit en silence, et parce qu'elle était à court d'argument et qu'elle avait hâte de rentrer, elle a dit quand même pour ne pas perdre la main et conclure la discussion :

— C'est toujourrs comme ça avec les garrçons !

Et on est rentrées chez nous. Eux, ça les a laissés songeurs un moment et puis ils ont repris leur engueulade là où ils l'avaient laissée.

J'ai rangé les courses, j'ai donné un verre d'eau à Babouchka, elle s'est assise devant sa table à jeux près de la fenêtre (il faisait nuit à cause des volets fermés), et elle n'a plus rien dit.

J'aurais voulu faire quelque chose pour elle, laver la salade, mettre le couvert, mais je sais qu'elle m'aurait regardée avec cet air choqué qu'elle prend quand elle me trouve décidément trop à côté de la plaque. Une fois elle m'a demandé ma date de naissance. Je lui ai dit. Elle m'a fait répéter et puis elle a grimacé : « 1961 ! Ce n'est pas une année de naissance ! » J'ai bien vu qu'elle m'en voulait. Je suis née trop tard, j'ai dépassé la date limite où on peut naître sans que ce soit du temps perdu. Je sais que j'ai loupé l'essentiel et c'est sûrement pour ça qu'elle s'ennuie avec moi. Des fois j'aimerais rentrer du collège ou du Bon Lait en m'affalant sur une chaise, la tête renversée, les yeux exorbités, je dirais : « Je devrais être morte, oui ! Je devrais être morte ! » Et là, à force qu'elle me supplie en se tordant les doigts, je raconterais à mots couverts comment je venais de déjouer les plans de la police secrète et le nombre de cadavres qui flottaient sur la mer : toutes ces horreurs que bien sûr je ne comprendrai jamais parce que je ne les ai jamais vues en face, « Tu n'as jamais vu la morrt en face Sonietchka ! », comme elle dit.

J'aimerais être témoin d'un accident de la circulation. D'une bagarre sanglante dans le bar-tabac de la rue Aubert. J'aimerais que l'épicière du Bon Lait meure d'une crise cardiaque, au moment où je lui vole une bague coccinelle. Que Cricri Mariani lapide sa sœur Corinne avec les pierres de sa marelle. Et j'en louperais pas une miette je le jure. Je regarderais l'agonie en face, la mort en face, le croque-mort en face, la famille en larmes tout, j'en prendrais plein la gueule, des traumatismes terribles qui se transformeraient en cauchemars récurrents. La nuit on m'cntendrait hurler dans mon sommeil et les voisins diraient : « Encore la petite du premier qui cauchemarde », et au lieu de taper sur les radiateurs en fonte, ils feraient trois fois le signe de croix.

Mais il n'arrive jamais rien. Ni à moi ni aux autres autour de moi. Nice est une ville très calme, les gens y vivent très longtemps, une espérance de vie supérieure à la moyenne nationale, et même les amies de ma grand-mère vraiment on ne dirait pas qu'elles ont manqué de vitamines pendant la Révolution. Elles peuvent rester des heures debout pendant la Divine Liturgie, et même s'agenouiller et se relever un nombre incalculable de fois sans que ça leur pose le moindre problème. Même aux célébrations de la grande et lumineuse Pâque je ne les ai pas vues s'évanouir. Faire la sieste les conserve drôlement.

Des fois j'aimerais avoir une maladie mortelle dont je guérirais. Mais avant la guérison on passerait de sales moments ma grand-mère et moi, et c'est pas la réponse de Giscard d'Estaing ou de Melchior-Bonnet qu'elle guetterait au courrier ça non. On ferait le pied de grue dès 8 heures du matin pour choper le facteur, qui nous apporterait les résultats du labo que le docteur n'aurait pas eu le courage de nous téléphoner. Mais je ne suis jamais malade. Je n'attrape jamais rien même pas un coup de soleil, des fois je me demande si j'existe vraiment, si je ne suis pas une sorte de petite fille en transparence. Des fois on croit exister, on n'existe pas. Le nombre de vieilles toquées qui croyaient être Anastasia et qui ne l'étaient pas, et qui elles étaient alors, elles ne le savaient pas. Elles n'avaient aucune personnalité de rechange, elles se prenaient toutes pour des Anastasia miraculées et amnésiques. Des fois on emprunte aux autres pour remplir les blancs, par exemple moi la nuit je suis plein de monde. Je vis à Manderley des aventures tellement bouleversantes, j'en pleure. Je pleure toute seule dans mon lit tellement ce qui m'arrive à Manderley est tragique. Et puis je m'endors le nez bouché, je ronfle et je suis ridicule.

Ce jour-là Babouchka avait l'air d'avoir décollé très loin, la pénombre dans l'appartement aidait pas, je me suis assise en face d'elle de l'autre côté de la table à jeux, mais rien à faire elle ne me voyait pas. Je lui ai demandé si elle voulait faire un rami, elle n'a rien répondu. Je lui ai demandé si elle voulait du thé, elle n'a rien répondu. J'espérais qu'elle allait pas restée prostrée comme ça jusqu'à la réponse du directeur d'*Historia*, et comment faire pour la distraire ? « Tu sais que Denise Fabre a passé sa jeunesse à Nice ? » j'ai dit. Elle a regardé ses doigts, mais cette fois-ci je n'étais pas conviée à la discussion, ça se passait entre elle et eux. Je ne me suis pas démontée : « Et Simone Weil elle est née ici. Avenue Georges-Clemenceau. Tu le savais ? » De lassitude, ses doigts ont frotté ses vieux yeux bleus, elle a soupiré et j'ai lâché l'affaire. Je suis revenue à la charge en essayant de la flatter : « Raconte-moi encore l'histoire de Tchekhov et Potapenko... Allez... Raconte-moi comment ils ont fabriqué la petite roulette et se sont ruinés au Casino, hein ? »

Elle a levé une demi-paupière fatiguée, j'ai bégayé : « Finalement… Tchekhov et toi… voilà… vous avez ça en commun, hein ? On pourrait dire… Quoi… la passion du jeu vous l'avez chopée… attrapée, ici… à Nice… Non ? » Elle m'a regardée exactement comme si j'étais l'homme invisible.

Je suis restée à côté d'elle, je ne sais pas pourquoi, à ne rien faire moi non plus. J'entendais les bruits de la rue, Gérard et madame Claudine essayaient de délivrer le solex accroché à la grille, je crois avec un grand couteau ou des ciseaux, ça avait l'air drôlement risqué. Madame Claudine adore qu'il y ait des témoins à son malheur et il était difficile de ne pas entendre ses lamentations et ses : « Mais qu'est-ce que j'ai fait au bon Dieu pour avoir un fils qui achète des cadenas à clef ? » Je ne sentais plus la chaleur cogner contre les volets, le temps était passé, le soleil avait tourné.

Le numéro d'*Historia* était posé entre ma grand-mère et moi, Ingrid Bergman souriait mystérieusement en incarnant le mystère Anastasia pour le cinéma américain. J'ai ouvert le numéro pour la millième fois. « Grands mystères du passé. Grands secrets. Grandes Enigmes. Dossiers secrets de l'Histoire. » Alain Decaux a réponse à tout, ma grand-mère le hait, elle l'appelle « Alain Le Faux » et puis elle rit comme une petite fille qui n'a pas le droit, par toutes petites saccades rentrées. Alain Le Faux sait commencer une histoire : « A Berlin, une nuit froide et humide, de février 1920. Le long du canal de la Landwehr », c'était bien rendu mais pas très accueillant, et j'ai refermé le numéro. J'ai demandé à ma grand-mère si maintenant que le soleil avait tourné je pouvais ouvrir un tout petit peu les volets. Elle n'a rien répondu. Elle a ouvert le tiroir devant elle, elle a sorti son jeu de cartes, mis ses lunettes pour voir de près et commencé une réussite. Elle fixait les cartes avec suspicion, comme si elles allaient lui indiquer l'avenir. C'est quoi, l'avenir de Babouchka ? « La morrt est un grrand rendez-vous », elle m'a dit une fois. « Et je serrais curieuse d'assister au débat Dostoïevski-Rraspoutine. Mais par-dessus tout, c'est la rencontrre de ma tante Anna avec Napoléon qui risque d'être passionnante ! » Est-ce qu'elle le pense vraiment ? Est-ce qu'elle essaye de se motiver, se persuader que là-haut encore elle continuera ses discours enflammés, ses courriers lyriques, elle brandira sa vérité devant les grands de ce monde, enfin à égalité avec eux ? Elle ne m'a jamais dit qu'elle avait hâte de retrouver mon grand-père, ni même d'avoir la famille Romanov au grand complet face à elle. Alors c'est peut-être qu'elle ment, elle ne croit pas du tout que la mort est un rendez-vous, plutôt un grand espace plein de vent et de solitude. Qu'est-ce qu'elle voit dans ses cartes, puisqu'elle n'a pas d'avenir et qu'elle n'a jamais gagné une réussite sans tricher ? Elle s'y attaque toujours comme si les cartes avaient des comptes à lui rendre, on dirait qu'elle va démasquer le mensonge et se venger enfin. Rien ne la repose jamais. Tout est important, difficile et demande une concentration extrême, elle est épuisée, elle est grande, maigre, courbée, elle a peur de tomber, se tacher, me voir disparaître, elle dort mal, elle oublie de manger… Combien de temps elle va se battre comme ça, contre tout ce qui cogne dans sa poitrine, « l'Histoire avec un grand H », comme elle dit ?

Du dehors, j'ai entendu démarrer le solex de Gérard. Il a pédalé en criant de joie : « Hé hé ! Hé hé ! », il a un vocabulaire très réduit, mais sa mère a tenu à souligner la performance, elle a dit : « Ah tu m'en fais voir ! Tu m'en fais voir ! Tu m'en fais voir ! », toujours ses fameuses phrases à répétition qui peuvent servir pour plusieurs événements ou des personnes différentes. Et puis le solex s'est éloigné et la voix de madame Claudine a disparu avec.

Dehors tout d'un coup, c'était le grand silence.

On aurait dit que tout le monde à Nice s'était mis d'accord pour qu'il y ait ce grand silence.

Ça devait être l'heure de manger. Bientôt ça sentirait le poivron et les oignons frits. On entendrait la météo sur Télé Monte Carlo et puis les dernières catastrophes mondiales, et aussi les nouvelles de Grace Kelly ou de Jacques Médecin, tous ceux qui sont importants, qu'on ne voit jamais mais qu'on suit de près.

Babouchka était en train de chercher sans honte un as de trèfle qui lui manquait pour dégager la dernière colonne, elle a fini par le trouver et l'a posé sur la table en râlant, elle n'aime pas quand la situation lui échappe et cet as de trèfle qui la forçait une fois de plus à tricher, l'agaçait au maximum. Ça n'était pas le moment de lui parler.

J'ai regardé Ingrid Bergman qui avait mis la fausse robe d'Anastasia, et avait attendu dans une fausse rue sous un faux soleil, que l'assistante vienne la chercher et l'emmène sur le plateau, où elle demanderait à la fausse reine Victoria si elle avait bien dormi et si elle n'avait pas oublié qu'il y avait un pot à la fin de la journée. J'ai repensé à madame Endersson, celle de Berlin, « la nuit froide et humide de 1920 », dont parle Alain Le Faux.

Madame Endersson était une dame qui avait des crises de mélancolie. Elle passait ses journées allongée dans le lit d'un hôpital psychiatrique allemand, les jours où elle allait mieux, elle s'asseyait.

Elle ne parlait à personne. Elle restait allongée, et les années passaient. Elle remontait la couverture sur son visage, ça lui faisait une petite tente, un abri pour ses rêves mélancoliques. On la nourrissait de force. Elle louchait et grimaçait si on voulait la prendre en photo. Un jour, dans sa chambre de la section B, maison IV, est arrivée une autre malade, madame Peuthert. Ça faisait deux folles dans la chambre, ce qui n'est pas énorme pour un hôpital psychiatrique. Madame Peuthert était une ancienne couturière qui avait travaillé en Russie, avant la Révolution. Tout le monde la persécutait, enfin c'est ce qu'elle disait, c'est comme ça qu'elle voyait la chose. Un jour, une gentille infirmière lui a prêté un magazine allemand et c'est là que tout a commencé, soi-disant une des plus grandes énigmes de l'Histoire avec un grand H, et même Ingrid Bergman semble y avoir cru. Et pas seulement elle mais des rois, des reines, des policiers, des journalistes, des historiens, le monde entier est tombé sur la tête, ma grand-mère est ulcérée, c'est son mot : « Je suis ulcerrée Sonietchka ! » et j'imagine son estomac qui se tord comme un vieux mouchoir trempé de sucs gastriques, car voici ce qui s'est passé. La folle madame Peuthert a vu dans le magazine allemand une photo d'Anastasia et elle a regardé la folle madame Endersson et elle a crié : « Je sais qui tu es ! Tu es Anastasia ! », alors la folle madame Endersson a posé son doigt sur sa bouche et tout doucement elle a dit : « Tais-toi… Tais-toi… » mais l'autre ne s'est pas tue, au contraire, elle l'a tellement rameuté que le monde entier a défilé dans la chambre de la section B, et plus madame Endersson faisait la tête plus on la trouvait mystérieuse et donc pleine de secrets, et puis certains ont trouvé qu'elle avait un air de famille avec les Romanov, bref selon eux on avait enfin retrouvé Anastasia. Petit à petit, la folle madame Endersson a trouvé ça pratique qu'on lui dise qui elle était puisque ça, ça faisait justement des années qu'elle se le demandait. Alors, au bout d'un certain temps elle a dit : « D'accord je suis Anastasia », et c'est là qu'il y en a qui ont contesté, dont Alain Le Faux qui dit : « C'est pas elle c'est pas elle », et c'est le seul point sur lequel ma grand-mère est d'accord avec lui. C'est pas elle.

La vérité est ailleurs. La vérité est en face de moi. Mais pas dans le magazine avec Ingrid Bergman. Pas dans les cartes. La vérité est dans la tête de ma grand-mère. Elle ne l'a jamais dite à personne. Même aux journaux. Même aux présidents. Elle se croit encore en danger, elle se livre à mi-mots, elle balance des demi-vérités, persuadée que Iouri Andropov lit par-dessus son épaule, aussi personne prend la peine de glisser des félicitations dans l'enveloppe réponse. C'est pas grave. Je suis en première ligne. Et j'attends. Si j'ai une utilité sur cette terre où je suis arrivée terriblement en retard, c'est sûrement celle-là : attendre que la vérité éclate. Que ma grand-mère me fasse confiance.

Et puis il y a eu ce fameux matin où maman a téléphoné. Babouchka était dans la salle de bains et c'est moi qui ai répondu. J'avais oublié sa voix. Je croyais avoir oublié sa voix. C'est comme pour son visage. Je l'oublie. Rien ne me le rappelle. Chez Babouchka il n'y a que des photos de maman petite et adolescente. Elles sont en noir et blanc avec un bord dentelé, et collées sur de grandes pages noires dans un album vert. Sous ces photos il n'y a jamais le nom des gens ni où ils sont, il n'y a que les dates, et l'album est plein de chiffres, comme si on avait calculé les vies au lieu de les dire. Quand j'ai demandé à Babouchka pourquoi, elle a répondu : « Les gens doivent fairre un efforrt. » Un effort d'imagination, je suppose. On doit deviner qui est sur la photo et à quel endroit. L'album s'arrête à « 03.01.44 », et je sais que celle qui sourit devant le gâteau, c'est maman à 20 ans. Après il n'y a plus rien, après il faut imaginer et c'est là le problème. Je n'y arrive pas.

Ça m'a fichu un coup quand j'ai entendu maman au téléphone. Surtout qu'elle n'avait pas l'air bien, je l'ai compris tout de suite elle avait sa voix essoufflée, alors qu'elle n'avait pas couru je le sais. Quand elle a sa voix essoufflée c'est qu'elle en a plus que ras le bol de quelque chose, mais elle n'arrive pas à dire quoi. Elle attend que je lui demande : « Ça va pas ? Tu as du mal à respirer ? », mais je ne le demande pas, je ne suis pas une si gentille fille que ça. Je fais celle qui ne le remarque pas, parce que je sais que les choses existent seulement si on les dit ou si on les écrit. Plus on est hypocrite avec la vie, plus elle est légère. On passe en sifflotant devant les plus grandes catastrophes de l'Histoire, et on retient les notes, pas les martyres. Avec sa voix essoufflée, maman m'a demandé comment j'allais, mais comme c'était pas pour ça qu'elle appelait j'ai pas eu le temps de répondre, et elle a enchaîné : « Je suis très pressée, Sonia. J'ai pas beaucoup de temps. Rejoins-moi vite au bar de L'Arrivée, c'est à l'angle de la rue Thiers et de la rue Gounod, en face de la poste tu peux pas te tromper. »

J'ai raccroché et mon corps n'était pas fait avec du sang et des muscles, il était bourré de coton. J'étais un animal empaillé, j'étais une gourde engourdie, les mains mouillées, la tête lourde, et je ne savais pas quoi faire, qu'est-ce que je devais dire à Babouchka, c'est pas facile de trouver un mensonge dans la seconde. J'ai frappé à la porte de la salle de bains, elle ne m'entendait pas, l'eau coulait à fond et le robinet tremblait, alors en plus de frapper je me suis mise à crier : « Oh ! Babouchka tu m'entends ? Hé ho ! » Ma voix était émue, je me suis détestée d'avoir cette voix-là, aucune fille de mon âge n'a une voix émue parce qu'elle a rendez-vous avec sa mère. Mais en général les filles de mon âge n'ont pas rendez-vous avec leur mère. Leurs mères sont là, point final. D'ailleurs ça n'a pas l'air marrant tous les jours. Parfois le soir quand les grilles du collège s'ouvrent, j'en entends qui disent : « Oh putain ! Encore ma mère ! », et elles ont droit à un pain au chocolat, parfois aussi à un cours de danse. Leurs mères portent leur cartable, leur filent le sac de danse et le pain au chocolat, tout a l'air simple, elles ont les dates, les lieux et les horaires inscrits dans le crâne. Je suis sûre que leurs albums photo sont bourrés de détails et de petites remarques attendries. Il y en a même qui gardent les dents de lait de leur enfant tellement elles en reviennent pas. Des mèches de cheveux aussi. Des chaussons, des robes de baptême et les boîtes de dragées aux jolies lettres d'or. J'ai vu ça une fois chez Noémie Legrand, j'en croyais pas mes yeux. On aurait dit que sa mère ne s'était jamais remise d'avoir eu un enfant, elle gardait tout, histoire d'avoir des preuves, sûrement qu'elle se pinçait tous les matins pour être certaine que c'était bien elle qui avait fait un bébé et tout ce qui va avec.

Au bout d'un moment Babouchka a fermé le robinet et je n'ai plus crié pour rien, elle m'a entendue, elle a ouvert la porte, très agacée, elle a dit : « Mais ne crrie pas comme ça, je ne suis pas sourrde ! », ce qui est un comble, elle qui ne répond jamais quand je lui parle. Ça m'a gênée de la voir dans la salle de bains avec sa combinaison rose. Ma grand-mère est fripée, mon Dieu ! comment est-ce qu'on peut être aussi fripée et tenir debout ? Le pire c'est que elle, elle n'avait pas l'air gênée, elle était habituée faut croire, elle trouvait ça normal. Je me suis demandé à partir de quand on trouvait ça normal d'être fripé. Les vieux dans la rue, on dirait qu'ils sont nés vieux, ils ont toujours été comme ça, ce sont les vieux de la rue, c'est leur rôle. Il y a les mamans avec les pains au chocolat, qui elles aussi sont nées comme ça, et qu'on plante devant les grilles des écoles, et il y a les vieux dans la rue.

Babouchka était terrifiante dans sa combinaison rose qui laissait voir ses genoux, je ne savais plus où regarder, alors j'ai fixé ses yeux bleus qui n'ont pas bougé depuis sa naissance, même si sans lunettes ils ne servent plus à grand-chose. J'ai dit : « J'ai perdu mon porte-monnaie dans la rue. » Elle a dit : « Dans la rrrrue ? » C'est fou comme elle roule les *r* quand elle m'en veut. J'ai pris l'air embêté de celle qui a vraiment perdu son porte-monnaie, je m'attendais à ce qu'elle me fasse la leçon, mais elle a levé ses yeux bleus au plafond et en refermant la porte elle a dit : « Ben vas-y ! » et c'est tout. Je suis restée quelques secondes devant cette porte fermée, et j'ai entendu les flacons, les petites portes de l'armoire à pharmacie, tous ces bruits qu'elle fait et qu'elle entend pas.

Encore une fois elle n'avait pas mis un papier avec mon nom et mon prénom dans ma poche, ni enclenché le chronomètre, et je me suis demandé si mon nom dans la poche en cas d'accident, ça n'était pas pour elle. Pour qu'elle puisse m'identifier, elle. Il paraît qu'avec l'âge on perd la mémoire immédiate et on garde la mémoire du passé. C'est sûrement pour ça que ma grand-mère se souvient mieux d'Anastasia que de moi. Avec l'âge on garde l'essentiel.

C'était la première fois que maman me donnait rendez-vous, et je me demandais ce qu'elle avait à me dire. Sa voix essoufflée ne laissait rien présager de bon, je la connais. Les bonnes émotions ne l'essoufflent pas, elles la font rire. Elle rit et elle balance plusieurs fois sa main devant son visage en faisant doucement : « Ouh ouh ouh ! », elle a trente ans de moins, elle fait très « 03.01.44 ».

La première chose que j'ai vue dans le bar, ce n'est pas ma mère, c'est la valise. J'ai compris qu'on était dans le bar de L'Arrivée, mais qu'elle allait repartir. Mais je ne comprenais pas pourquoi cette fois-ci elle prenait la peine de m'avertir, je n'aime pas ce qui est inhabituel, je mets toujours un temps fou à m'habituer à l'inhabituel. Elle avait l'air fatiguée, elle avait maigri et du coup elle faisait plus petite. Ou peut-être c'est le fait de vivre avec une grand-mère trop grande qui me désoriente. Ma mère avait ma taille, ça faisait bizarre, je me suis dit que peut-être on se ressemblait, et aussi que je m'étais trompée : avant de devenir une grand-mère et puis de mourir, je devrais d'abord avoir son âge et ça, ça m'a pas plu. C'est un âge transitoire qui a l'air compliqué et pas confortable.

Elle se balançait d'une jambe sur l'autre, rien n'était fixe, ni son sourire ni ses jambes, et quand elle m'a serrée contre elle, elle serrait pas vraiment. Je sentais ses bras maigres autour de moi, mais elle ne me collait pas comme j'aurais aimé qu'elle le fasse. J'aurais aimé qu'elle me tienne fort et moi avec un petit rire embarrassé, j'aurais dit : « Arrête maman, tu m'étouffes ! » Je n'ai pas osé la serrer moi-même, j'avais peur de la casser. Je me suis dit que la valise devait être trop lourde pour elle, et en même temps je me suis dit que cette valise était plus grosse que d'habitude.

— Tu prends quelque chose ? elle m'a demandé, en s'asseyant sur la banquette.

— Un diabolo menthe, j'ai dit, ce qui fait toujours plus adulte que « menthe à l'eau », ou « limonade ». Plus tard j'apprendrai par cœur les noms des différents whiskys, pour l'instant je mémorise les noms des cocktails, avec ce qu'il y a dedans. C'est la prononciation qui m'échappe, ils ont des noms exotiques et j'écoute toujours les commandes des gens, des fois qu'ils veuillent un cocktail, mais c'est fou le nombre de personnes qui boivent du café.

Ma mère a regardé sa montre, et puis elle m'a fait un gros sourire gêné qui voulait dire : « Ouille ouille ouille j'ai pas le temps c'est pas ma faute, c'est la montre. » Je n'ai pas eu envie de lui faciliter la tâche. Ça aurait été simple de demander : « Tu t'en vas où ? Ton train est à quelle heure ? », ou même : « Tu veux que je porte ta valise ? », mais faut pas exagérer. J'avais plutôt envie de lui faire de la peine, lui dire : « Ma pauvre chérie ! Ce que tu peux être russe ! » Ma mère déteste ça. Elle veut être française. Totalement et uniquement française. Et c'est pour ça que le premier Français qui passait, elle l'a épousé. Manque de pot il s'appelle « Dalla Chiesa ». Faut pas épouser les Français de Nice, ils sont rarement d'origine. « Olga Dalla Chiesa c'est tout ce qu'il y a de plus moche » dit toujours Babouchka, et à part que c'est méchant, on peut dire que c'est vrai.

Moi aussi c'était méchant mais c'était vrai. Maman, toujours une valise à la main, fait très russe. Ma grand-mère a débarqué le 2 février 1924 à la gare de Nice, avec son mari et son bébé, et depuis, cette gare est une sorte d'aimant. Ma mère passe son temps à monter et à descendre de tous les trains qui y passent.

— Je pars Sonia, elle a dit, je vais à Paris, tu comprends ?

— Non je comprends pas, j'ai dit, toujours avec cette petite envie de lui faire de la peine.

— J'étouffe ici, j'étouffe ! Cette ville, coincée entre la montagne et la mer, j'en peux plus. Etre au bout de la France avec… ah ! Tous ces vieux émigrés, j'en ai marre ! Si tu savais ce que j'en ai marre !

Je l'ai arrêtée tout de suite parce que sans ça je la connais, elle s'emballe. Elle tient ça de sa mère, elles ont le chagrin lyrique et bavard.

— Tu vas faire quoi à Paris ? j'ai demandé pour qu'elle descende d'un cran.

Sa voix était plus douce quand elle a répondu :

— J'ai trouvé du travail. Une amie à moi a ouvert un joli petit magasin dans le quartier de l'Opéra.

« Un joli petit magasin de cornichons ? » j'avais envie de lui demander, mais j'en ai pas été capable, je ne suis jamais capable d'être méchante jusqu'au bout. Au lieu de ça je me suis mise à pleurer, ce qui était évidemment la dernière chose à faire. J'ai essayé de m'arrêter tout de suite, respirer par le fond de mon ventre, me dire que j'étais quelqu'un d'autre, penser à la mer qui s'en fout, être un petit dessin de Chagall tout près des étoiles, mais rien à faire, j'avais de la peine.

— Je savais que tu comprendrais, elle a dit.

Ça, ça m'a stoppée net. J'ai arrêté de pleurer, j'ai même arrêté de respirer je crois, ma bouche était ouverte toute ronde, elle a dit :

— Ferme la bouche ça donne l'air idiot.

J'ai ravalé ma morve et j'ai senti que je ne l'aimais plus. Je savais que ça ne durerait pas je me connais, mais là pendant quelques secondes, je ne l'aimais plus. Ça faisait un bien fou. La bonne méthode pour avoir moins de peine n'est ni de respirer par le fond du ventre ni d'être un dessin de Chagall, la bonne méthode est de ne plus aimer sa mère pendant quelques secondes. C'est aussi efficace que dormir douze heures de suite ou faire la planche loin des baigneurs, face au soleil.

— Dès que j'ai trouvé un appartement, je te fais venir.

La vache. Elle sait y faire. Je l'ai réaimée dans la seconde et j'ai eu envie de lui demander : « C'est vrai ? C'est quand ? Tu es heureuse, alors ? Tu savais que Paris était mon rêve, à moi aussi ? Et avoir un nom italien c'est très chic quand on ouvre un petit magasin dans le quartier de l'Opéra. »

— Ça se passe bien avec ta grand-mère ?

J'ai fait « oui ». Elle n'a pas parlé de mon père. Elle n'a plus jamais parlé de mon père. Elle m'a embrassée très vite, elle a pris sa valise en se cognant les jambes contre ma chaise, elle a payé sans laisser de pourboire, et je lui ai demandé si je pouvais l'accompagner à la gare. Elle ne s'attendait pas à ça. Elle a ouvert la bouche mais elle n'avait pas l'air idiot, elle avait l'air de celle qui n'a pas l'habitude qu'on l'accompagne quelque part. « C'est gentil », elle a dit. Je l'ai laissée porter sa valise pour que son départ soit difficile quand même. On est montées jusqu'à la gare, et on a cherché le quai. Le panneau des départs crachait des noms de villes, au soleil, à la neige, en Italie, en Espagne, en Allemagne avec des correspondances, les inscriptions tournaient, ça défilait comme un jeu de hasard. Le train de maman était le train le plus important, celui qui allait à Paris Gare de Lyon, Paris Terminus, là où les émigrés se mélangent, où les accents se perdent, où les grands-mères se font doubler sans un regard, où les métros sortent de terre et deviennent aériens, où les théâtres descendent des boulevards et s'enfoncent dans les caves, il y a des restaurants dans la tour Eiffel, des chevaux sur les Champs-Elysées, des tigres au Jardin des Plantes, une baleine boulevard Rochechouart, des bateaux à Bastille, des magiciens au musée Grévin, des statues de la Liberté, il y a des cathédrales, une grande mosquée et des synagogues, tout existe, tout est possible à Paris.

— Pas un mot à ta grand-mère évidemment, elle a dit avant de monter dans le wagon, et puis elle m'a regardée, ça a duré un petit moment, elle hésitait mais je crois qu'elle n'y arrivera jamais.

C'était pourtant l'occasion rêvée, le moment idéal. Pour rattraper la chose je me suis dit que cette nuit Manderley serait une gare, et que dans le brouhaha des cris, des annonces et des sifflets, une mère saurait dire « Je t'aime », rien qu'avec les yeux.

— Porte-toi bien, elle a dit.

Et elle est montée dans son compartiment, je ne l'ai plus vue. Elle était partie en me disant une des phrases que je déteste le plus. Je ne me porte pas bien. Je ne me supporte pas bien. Et au nom de quoi elle me donne des ordres, elle qui s'en va tout le temps ?

Alors je me suis assise sur un banc dans la gare, cet endroit où on ne se sent nulle part mais d'où on peut aller partout. Cet endroit où on peut se sentir enfin vivre, comme ma mère, ou bien décider de mourir, comme Anna Karénine et tous ceux dont le chagrin est plus lourd que la vie. J'ai pensé aux fourmis qui peuvent porter jusqu'à dix fois leur poids, et je me suis demandé combien de chagrin un homme pouvait porter avant de tomber. Je ne pensais même pas à ce moment-là que peut-être ma copine Suzanne était au-dessus de moi, dans sa chambre sombre, ni que son père faisait partir le train de maman. J'ai vu ce train partir, maman n'était pas avec ceux qui se penchent aux fenêtres avec le cœur serré et le mouchoir qui tremble, je la connais elle devait être en train de regarder une dernière fois les collines, les montagnes, le grand soleil dans le ciel blanc et tous ces Russes installés sur la Côte d'Azur, les nobles du cap d'Antibes et les pauvres de La Favière au Lavandou, les associations, les clubs, les cabarets, le cimetière du Caucade, les chapelles et la cathédrale orthodoxe, tous ces petits bouts de Russie comme des boutures qui ne tiennent pas longtemps. « Les émigrés nostalgiques ont des chaussures crottées. » C'est ce que dit maman à Babouchka, elle lui reproche d'avoir de la terre russe accrochée à ses bottes, je ne trouve pas que ce soit mal, je trouve même que c'est joli de mélanger la terre rouge et sèche de la Côte d'Azur à l'humidité de Pétersbourg.

J'ai vu son train partir, j'ai entendu le bruit de la locomotive qui démarre en soufflant, et puis le grand vent, la vitesse des derniers wagons, le quai nu. Le calme a duré quelques minutes, et dans ce calme j'ai compris que maman avait raison : Nice est la dernière ville avant la fin de la France, Nice est une ville tout au bout d'un pays dans lequel il ne faut plus avoir peur de plonger. C'est pas grave de s'éloigner des frontières, de s'enfoncer dans des paysages inconnus, des paysages où on n'a pas de famille, pas d'histoire, aucun souvenir. On cherchera des ressemblances avec des endroits qu'on aime et on trouvera, c'est comme avec les bébés, on n'a pas de repère avec un bébé et tout de suite on lui donne des ressemblances, on l'accroche à quelque chose pour qu'il soit moins neuf et plus intéressant. Peut-être que dans le quartier de l'Opéra il y a un marché aux fleurs, et les odeurs donneront des coups au cœur à maman, elle s'apercevra qu'elle aussi elle a de la terre accrochée à ses bottes, et elle aimera mieux sa mère. Le jour où le quartier de l'Opéra lui rappellera le cours Saleya, elles se disputeront moins j'en suis sûre.

En attendant, elle était partie. Je l'imaginais, assise dans le compartiment avec les vieilles photos de Chamonix ou du mont Saint-Michel au-dessous du panier à bagages, et elle se limant les ongles en prenant la tête de la Parisienne qui a un joli petit magasin dans le quartier de l'Opéra. Il y a forcément des écoles de danse dans ce quartier. Il y a forcément des mères toujours à l'heure, avec des sacs de danse et des pains au chocolat. Maman va peut-être se laisser influencer. Si ce qu'elle dit est vrai. Si elle veut vraiment que je la rejoigne.

Et c'est là que j'ai réalisé que plus jamais je ne verrai mes parents ensemble. Plus jamais je ne les verrai côte à côte, plus jamais je n'appellerai en même temps : « Papa ! Maman ! », comme deux noms collés « papamaman », un début de phrase, mon premier mot. C'est comme avec les révolutions, les noms changent. Je ne suis pas une enfant nostalgique mais la disparition soudaine de ce nom m'a fichu un coup, surtout de comprendre ça dans cette gare, comme si ma mère avait mis le mot dans sa valise. En même temps je sais bien qu'on ne ressemble pas aux autres familles. On n'a jamais fait comme elles. Chez nous par exemple, les valises ne se font jamais à plusieurs. Chacun part de son côté et tout seul. Je suis partie une fois avec mes parents. Pour un seul jour. On n'avait pas de bagage, juste un panier pour le pique-nique. On a pris la Nationale 7 pour aller à Aix-en-Provence. On était tous les trois dans la 404, et peut-être qu'on aurait dû faire une photo, en dessous on aurait écrit : « Une famille française sur la Nationale 7 », des mensonges de ce genre qui nous auraient fait des souvenirs. On n'a pas d'album, on est loin de ressembler aux Romanov qui sont très photogéniques et ont des albums avec des légendes aussi belles que des titres de livres ou des débuts de chapitres : « Le long des côtes baltes, une croisière sur le *Standart*. Au cours d'une escale, Olga se fait coiffer par sa gouvernante », « Tsarkoïe Selo. Un des grands plaisirs du grand-duc héritier Alexis, est d'aller nourrir l'éléphant de la ménagerie impériale. » Je les connais par cœur. Je les regarde si souvent chez ma grand-mère depuis le temps, c'est comme si j'avais écrit les légendes moi-même, sauf que c'est un livre et que personne n'a pensé à moi en le faisant. J'aime surtout lire tout ce qui concerne Anastasia, ça peut donner une idée de ce qu'elle est devenue, ça peut aider à comprendre le mystère. « Anastasia fait du patin à glace sur les étangs gelés du parc du Palais ; Anastasia fabrique une couronne de fleurs ; Anastasia est habillée pour aller en voiture ; Anastasia a mis de fausses dents et elle louche ; Anastasia fume à côté d'une meule de foin. » Après, les photos deviennent moins romantiques : « Malgré la guerre la vie continue », « Les Altesses Impériales travaillent au potager sous le regard du commandant et des soldats de garde », « Les prisonniers Romanov sont arrivés à la frontière de leur domaine. » Fin de l'album. Après, la photo d'*Historia*. Pas celle d'Ingrid Bergman, celle de la chambre trop petite. Si les murs ont des oreilles alors celui-là doit avoir les tympans éclatés. Cette chambre souterraine dans laquelle on leur a lu leur arrêt de mort, était trop petite pour massacrer cinq enfants. Pour massacrer cinq enfants il faut tout l'espace, les quatre points cardinaux et le centre de la terre avec. Les cinq continents, la cinquième dimension, les cinq sens, tout ce qui est inimaginable, incalculable et invisible. Et une petite prière parce que le mur va s'effondrer et que la maison à destination spéciale est rongée d'humidité et de sang.

On a roulé longtemps sur la Nationale 7 avec mes parents. Sans rien dire. On a traversé l'Esterel, là où les amoureux se prennent en photo au bord des falaises, sans se parler. On a longé les roches rouges tenues par d'immenses filets de fer, on a vu les vignes toutes nues, on s'est arrêtés dans la pinède pour faire pipi et manger des œufs, sans un mot. Même pas « c'est haut c'est beau c'est rouge c'est vert », non rien. On a traversé des villages moches, le Muy, le Luc, Brignoles, sans même dire « c'est moche ». La 404 attendait aux feux rouges des rues Principales, là où il y a des pharmacies qui font l'angle, des bars, des places avec des platanes malades et des vieux en dessous qui jouent à la pétanque, et là non plus on n'a pas moufté. Même pas : « Oh là là j'aimerais pas habiter là tu parles d'un bled. » On a traversé le plus vite possible tous ces endroits laids pour se dépêcher de les oublier et être sûrs de ne jamais y revenir.

Et on n'y reviendra jamais.

On n'écrira jamais : « Sonia s'habille pour aller en voiture », « Sonia allongée sous les pins, après le pique-nique. » D'après ce que j'avais entendu la veille du départ pour Aix, mon père voulait absolument qu'on y aille tous les trois, qu'on fasse « famille », justement. Une histoire de notaire et de cabanon près de Méreuil. « Tu te fais avoir ! Tu te fais avoir ! », maman répétait ça la veille, en montant le son de la télévision, je me souviens c'était *Au théâtre ce soir*, et je ne sais pas si elle parlait à mon père ou à l'acteur en robe de chambre à qui une femme disait des mensonges. Je pense qu'elle devait plutôt parler à mon père, parce qu'en montant dans la voiture le lendemain quand on quittait Aix, elle lui a crié : « Je te l'avais bien dit ! » et elle a claqué la portière. On est rentrés dans la nuit. Il faisait froid dans la voiture. Brignoles. Le Luc. Le Muy. On ne voyait que les feux rouges et les enseignes des pharmacies qui font l'angle. Les insectes se collaient sur les phares, s'écrasaient sur le pare-brise, on ne parlait toujours pas. Les vignes à ras de terre. L'Esterel et les dangers invisibles. Les lumières de la Corniche, les feuilles des palmiers qui dansent dans la lumière des réverbères. La mer qu'on entend sans la voir. Le vent et les papiers gras qui courent le long des trottoirs. L'odeur des poubelles quand on est descendus de la voiture. Les chats sur les toits et les étoiles froides au-dessus. Derrière, les montagnes et la neige, et les gens endormis dans les lits tout chauds, qui se serrent, se disent « bonne nuit chéri », et se retournent doucement pour ne pas déranger l'autre.

Je ne verrai plus jamais mes parents ensemble.

Qu'est-ce que je faisais assise sur ce banc ? Il y

avait déjà un autre train à la place de celui de maman. Un train qui n'allait pas dans le quartier de l'Opéra. Un train impérial, un train à bestiaux, un train plombé, un train de révolutionnaires, un train de nazis, un train de propagande, de croisière, qu'est-ce que j'en avais à foutre ? Ma mère ne m'avait pas laissé une adresse, un numéro de téléphone. Je voulais retrouver ces secondes où j'avais arrêté de l'aimer, où j'avais commencé à respirer. Elle, je ne la voulais plus. Elle m'avait pris mon premier mot : « papamaman ». Je ne la voulais plus.

Alors j'ai couru, j'ai couru comme une folle jusqu'à chez Babouchka. Je voulais la voir, m'excuser d'être sortie si longtemps, j'espérais qu'elle ne s'était pas fait trop de soucis, et surtout qu'elle n'avait pas appelé mon père. Je voulais retrouver cette grand-mère qui était toujours là, dans son appartement ciré, sombre et un peu sale, avec l'odeur du café au lait, du pain grillé, de la poudre de riz. L'odeur des cartes, du renfermé, du vernis et de la laque Elnett. J'ai couru sous le soleil de midi, l'eau coulait le long de mes jambes comme si j'avais traversé un ruisseau, le soleil s'écrasait sur moi, j'ai descendu la rue Gounod comme un chemin de montagne, une pente dangereuse qui descend vers la ville. Je voulais retrouver Babouchka, retrouver la chambre avec le petit lit, l'icône de la Vierge, les mystères de la Révolution. Je courais dans ces rues où d'habitude on piétine elle et moi, et je remontais le temps, je nous dépassais, je doublais nos jours de sortie, nos jours difficiles pour lutter ensemble contre la vieillesse, le laissez-aller et la chute. Je voulais rattraper tout ce temps perdu où j'attendais pour rien une mère qui a des chaussures sans terre.

Je courais vers ma grand-mère.

J'espérais qu'elle avait mis le couvert et qu'elle m'attendait en faisant une réussite pendant qu'une omelette cuisait tout doucement avec des champignons du marché.

Je courais sans savoir que je venais de tout foutre en l'air.

Tout avait changé. Ce jour-là l'appartement s'est transformé, par ma faute. Je n'avais pas su protéger ma grand-mère. J'avais oublié ses angoisses, la façon dont elle compte le temps, dont elle le découpe en petites tranches d'inquiétude. J'avais traîné dans une gare, et pourtant il n'y avait pas de quoi. Personne ne m'avait dit au revoir par la fenêtre d'un wagon, et je n'avais pas de valise non plus. C'est pas malin de rester immobile dans une gare alors que tout bouge autour. J'étais restée assise comme une idiote avec cette pierre au fond du ventre qui m'empêchait de me lever, mais pendant ce temps-là quelques rues plus bas, les heures ne passaient pas à la même vitesse. Elles étaient plus grosses, avec plein de questions folles dedans. Chaque heure qui passait apportait son lot de dangers, et Babouchka n'a plus été qu'un grand corps plein de détresse.

Après avoir couru dans les rues, poursuivie par le soleil, je suis arrivée chez elle en sueur. J'avais de l'eau partout, j'étais salée de transpiration, même mes cheveux dégoulinaient. Je me sentais poisseuse et j'avais soif. Le premier choc quand je suis arrivée sur le palier, ça a été la porte. Elle n'était ni fermée, ni ouverte. J'ai su tout de suite que c'était anormal, inhabituel, et comme la vie de Babouchka n'est qu'une suite d'habitudes, qu'il y avait danger. Je suis entrée et j'ai vu Mimine, et aussi Gérard, l'énorme fils de madame Claudine. Quelque chose me soufflait que je m'étais trompée d'étage, malgré les meubles, les plantes, les odeurs de ma grand-mère, ça ne collait pas avec la réalité. J'ai entendu des voix qui n'allaient pas avec l'appartement, et j'ai pensé que je n'avais pas fait mon lit avant de partir. Je n'avais pas non plus nettoyé les bols du petit déjeuner, qu'est-ce qu'on allait dire de moi ? J'ai pensé des tas de bêtises, pour reculer un tout petit peu l'essentiel.

Gérard m'a regardée comme si je n'étais pas là, il s'est penché pour caresser Mimine et il a crié : « Faut qu'j'y aille monman ! » Du fond de l'appartement sa mère a répondu :

— Vas-y Gégé et sois prudent !

— Ouais, ouais, il a fait en soupirant. Je me suis plantée devant lui, il m'a regardée comme si j'étais la source de tous ses ennuis et avec un petit mépris agacé il a demandé :

— Me dis pas que c'est toi ?

Je n'ai pas su quoi répondre. J'étais sûre que j'étais bien moi, mais comme le reste tout autour ne collait pas, je ne savais plus où j'en étais.

— Hein ? j'ai répondu avec l'air ahuri de celle qui s'est levée tard.

— Ça alors ! il a sifflé entre ses petites dents perdues dans sa face énorme, ses joues flasques et son triple menton. Et puis il a gueulé :

— Apparemment j'ai retrouvé la gamine !

Et il est sorti. Pourquoi « apparemment » ? J'ai eu froid d'un seul coup. La transpiration s'est transformée en eau gelée, mais j'avais toujours soif. Mimine a commencé à pleurer. Elle levait sa gueule vers moi, elle n'en pouvait plus d'être par terre, je ne l'ai pas ramassée. Et même, j'ai pensé : « Pleure, connasse ! » Ce qui n'est pas du tout une pensée à moi, j'aime bien les chiens et ça ne me plaît pas de les voir malheureux. Mimine sait pas lire dans les pensées et elle a continué à me supplier pour que je la soulève de terre. Madame Claudine a déboulé, elle venait de la chambre de Babouchka. Elle m'a regardée comme si l'heure de la vengeance avait enfin sonné.

— Ça alors ! elle a dit, et ses narines se sont

gonflées, elle avait l'air furieux et victorieux à la fois.

— Où est ma grand-mère ?

— Ta grand-mère ? Ah vraiment ? Ta grand-mère ?

C'était pire que quand elle passe la serpillière et que je marche sur la pointe des pieds. Parce que là, je ne comprenais pas ce que j'avais fait de mal. A part bien sûr que j'avais menti, je n'avais pas perdu mon porte-monnaie dans la rue, et j'étais restée trop longtemps dehors pour une grand-mère que les Soviétiques ont effrayée chaque jour que Dieu fait. Mais quand même, je ne l'avais pas poignardée dans le dos, je n'avais tué ni père ni mère, ni volé, ni commis l'adultère, tous ces commandements qu'elle me répète régulièrement.

— Elle va bien ? j'ai demandé, comme si la concierge venait de l'opérer d'urgence, et je m'en suis voulu de donner tant d'importance à cette lessiveuse de trottoirs, mais elle était là comme chez elle, et moi je ne savais plus où me mettre.

Elle a pris son temps pour me répondre, et bizarrement, ça m'a rassurée. C'est le genre de personne à qui la mort fait peur. Si Babouchka était morte, madame Claudine se serait enfermée chez elle à double tour pour regarder défiler les croque-morts, par le judas. Incapable de regarder la mort en face. Pas comme moi. Le petit air mauvais de la concierge signifiait que Babouchka était vivante. Dans quel état, je ne savais pas, mais vivante, c'était l'essentiel.

— Si c'est pas malheureux ! elle m'a lancé, et j'ai bien vu qu'elle était contente d'avoir quelqu'un à engueuler. Et si j'avais pas été là, hein ? Qu'est-ce qu'elle serait devenue la mémé, hein ?

J'ai senti que je devenais quelqu'un d'autre. Face à cette concierge française qui appelait Macha Sergueievna « mémé », pour la première fois de ma vie, j'ai senti que j'avais de la force, et puisque ma grand-mère n'était pas ma « mémé », je ne pouvais pas être « la gamine », toutes ces conneries pour qu'on soit tous pareils.

Madame Claudine a pigé tout de suite que non seulement je ne l'aimais pas, mais qu'en plus elle ne me faisait pas peur. J'étais partie pour lui balancer un grandiose : « Je vous remercie vous pouvez y aller », comme dans les romans chic du XIXe siècle, quand j'ai vu monsieur Tara. Ici. Chez ma grand-mère. Monsieur Tara. Dans le salon. Près du bureau de mon grand-père. Je suis redevenue petite. Et sans défense. Juste la sensation de l'effarement et du sacrilège. Il posait ses doigts boudinés sur la grosse machine à calculer, ronde et grise, de Diedouchka. Il y avait un autre bonhomme à côté de lui, un type bizarre que j'avais croisé une ou deux fois dans la rue… Qu'est-ce qu'ils faisaient dans le salon ? Ils se parlaient en lorgnant la machine comme s'ils voulaient l'acheter mais hésitaient sur le prix. Madame Claudine a vu que je ne m'intéressais plus à elle, ça l'a vexée alors elle a surenchéri :

— Va falloir vous débrouiller, hein !

Elle essayait de se donner de l'importance en me posant des problèmes.

— Comment elle va, ma grand-mère ? j'ai demandé doucement, sans quitter les deux bonshommes du regard.

— Ben, va falloir appeler le docteur, hein !

— Le docteur ?

J'ai arrêté un quart de seconde de surveiller monsieur Tara et son complice, tellement ça m'a fait mal. Madame Claudine a sauté sur mon inquiétude avec bonheur, elle pouvait plus cacher sa joie et souriait malgré elle.

— Ben, la plaie est pas jolie jolie, hein !

Je ne comprenais plus rien. Dans l'appartement de Babouchka, tout venait de changer. Il y avait des mots nouveaux, des gens nouveaux, je ne reconnaissais rien, comme si on avait changé les meubles de place et transformé les dimensions des pièces. Et c'était quoi exactement, une plaie « pas jolie jolie » ? J'avais envie de pousser madame Claudine et de courir voir Babouchka, mais je ne pouvais pas bouger, je ne voulais pas laisser les deux bonshommes sans surveillance dans le salon, près du bureau de Diedouchka. J'étais dans l'entrée, prise entre deux peurs et je ne savais pas ce que je devais faire. Mimine était dans les bras de monsieur Tara maintenant, elle était à la hauteur de la machine à calculer, et elle la reniflait comme si elle hésitait à pisser dessus. Je voulais y aller. Mais c'était quoi exactement, une plaie « pas jolie jolie » ? Monsieur Tara a dit à l'homme bizarre : « C'est obsolète. » Ça non plus je ne savais pas ce que ça voulait dire. Et l'autre a répondu : « Totalement. » Ils parlaient de la machine à calculer. La concierge a gueulé : « Bon, j'y vais madame Sergu... », elle a hésité, elle ne sait pas prononcer le russe et on aurait dit qu'elle s'étranglait, alors comme elle ne voulait pas perdre la face, elle a gueulé plus fort : « J'y vais, moi ! » Personne ne lui a répondu, alors elle a continué pour elle toute seule, elle est sortie en se disant : « Pfft ! Y a plus d'horaire ! Y a plus d'horaire dans c'métier ! Y a plus d'horaire ! » J'ai fermé la porte derrière elle. J'en avais marre de cette porte qui laissait entrer tout le monde. « Obsolète »... Ça doit avoir un rapport avec « obèse », un mot familier pour le gros monsieur Tara – et c'est vrai que la machine à calculer de mon grand-père pèse des tonnes, pourvu qu'ils n'aient pas essayé de la soulever pour l'emporter !

J'étais plantée là dans l'entrée, hésitant entre la chambre et le salon, entre ma grand-mère blessée avec une plaie pas jolie jolie, et le fantôme de mon grand-père prêt à se faire dépouiller par le voisinage. J'ai hésité et puis je suis allée dans le salon. J'ai dit : « C'est à mon grand-père », comme s'il était vivant. Ça les a fait réagir. Ils ont illico reculé d'un pas et la chienne s'est mise à japper, monsieur Tara a réajusté son foulard bordeaux et il a dit : « N'aie pas peur ma Mimine, n'aie pas peur. » C'est fou comme la présence possible de mon grand-père changeait la donne. Tout de suite ils se sont senti moins de droits sur sa machine à calculer obsolète. Ils ont changé de centre d'intérêt et ont commencé à papoter tranquilles, comme si je les avais invités et qu'ils attendaient le cocktail.

— Vous avez l'adresse d'un docteur ? j'ai demandé pour les ramener à la réalité.

Le type bizarre que j'avais croisé une ou deux fois dans la rue a dit :

— Mais on peut pas tout faire ! Vous savez dans quel état on l'a trouvée ? C'est votre mémé ? Alors déjà, elle voulait pas qu'on appelle les pompiers ! Bon. La chaise à porteurs ! Parfaitement, monsieur Tara et moi on a fait la chaise à porteurs, mais je veux pas d'ennuis hein, déjà que la plaie est pas jolie jolie, et le mardi moi je déjeune avec ma sœur, je l'ai laissée toute seule, je lui ai dit : « Commence la pissaladière sans moi, Mireille », vous le croyez ça ?

J'ai couru dans la chambre de ma grand-mère, au moment où monsieur Tara lui demandait comment il faisait pour digérer la pissaladière, avec tous ces oignons jamais assez cuits.

Babouchka était allongée sur son lit. Ses yeux grands ouverts regardaient devant elle, peut-être son image dans la grande glace de l'armoire face au lit. Elle voyait cette longue dame fatiguée, posée là par des voisins, des concierges, cette vieille, si vieille Russe remplie de tous ses âges, toutes ses années chamboulées, sa vie de résistance.

Je me suis approchée doucement. Je me suis assise un tout petit peu au bord du lit. Elle a tourné la tête vers moi : sa joue était bleue. Comme ses yeux. Je me suis mise à pleurer à cause de ce bleu. Elle m'a regardée avec une grande fatigue, comme si elle arrivait de très loin et elle m'a dit :

— Rrien ne sert de pleurrer, Sonietchka.

Mais c'était pas un ordre, plutôt une sorte de gentillesse épuisée.

— J'ai pas retrouvé mon porte-monnaie.

Et je n'avais pas l'impression de mentir en lui disant ça, je sentais bien que j'avais perdu quelque chose de précieux, quelque chose qui ne reviendrait jamais. Elle a poussé un gros et long soupir, elle comprenait ce que je voulais dire.

J'ai regardé encore sa joue bleue, et j'ai arrêté de pleurer, si c'était ça que les autres appelaient « une plaie pas jolie jolie », ils n'y connaissaient rien. J'appliquerai un peu de glace dessus et je lui demanderai si elle veut du chocolat, si elle dit « oui », c'est que c'est un petit bobo de rien du tout. (C'était la méthode de maman quand j'étais petite, pour vérifier que malgré mes hurlements, y avait pas de quoi appeler police secours.)

— Tu veux du chocolat ? j'ai demandé.

— Quoi ?

— Rien.

Elle a relevé la tête, monsieur Tara était sur le seuil.

— On y va, madame Sergueievna, il a dit en articulant bien le « Sergueievna », et on voyait tout de suite qu'il était professeur de diction. On aurait dit qu'il répétait un exercice.

— Merrci monsieur Tarra, elle a dit en essayant de sourire, mais elle n'y arrivait pas, elle regardait son foulard bordeaux. L'autre a senti le mystère qui pesait sur lui, il en a rajouté en murmurant :

— J'y vais… J'ai des choses à faire…

Landru devait pas avoir l'air plus sadique quand il allumait le four.

Je les ai entendus partir tous les deux, lui et le type bizarre que sa sœur devait attendre en râlant devant une pissaladière froide.

La porte d'entrée a claqué.

Ils étaient tous partis.

C'était le même grand calme que lorsque le train a quitté le quai. Un calme froid qui faisait qu'on entendait le silence, et quelque chose de pas normal flottait dans l'air. Alors Babouchka a soulevé un tout petit peu le bas de sa jupe. Elle a fait : « Aïe… Oh là là… Aïe… » et j'ai regardé. Sa jambe avait un gros trou rouge et plein de bouts de peau pendaient tout autour. J'ai eu mal au cœur, mais dans ma tête une petite voix disait : « Regarde en face Sonia, regarde bien en face », j'avais du mal à respirer et froid dans mes habits mouillés.

— Où tu étais, Sonietchka ?

C'était pas le moment de lui dire que sa fille avait mis les voiles pour de bon, et d'aillcurs elle m'avait interdit de lui en parler. J'ai haussé les épaules parce que je ne savais pas, je ne savais vraiment pas où j'étais.

Alors on s'est regardées un petit moment en silence, elle faisait plus fragile, un peu perdue, moi je me sentais plus âgée et plus lourde. J'étais assise sur son lit pour la première fois. Je n'ai jamais osé entrer vraiment dans sa chambre, et elle ne me l'a jamais demandé. Il y avait plein d'objets tout autour, que je ne connaissais pas. Des photos contre les miroirs, des boîtes de médicaments, des livres empilés un peu partout, des cahiers par terre, je ne m'étais jamais rendu compte à quel point ma grand-mère vivait dans le désordre.

Et puis elle a fermé les yeux.

J'ai dit : « Excuse-moi. » Et j'ai regardé la chambre, encore. Sur le haut de l'armoire il y avait deux énormes valises marron. Des vieilles valises démodées. Une petite étiquette accrochée aux poignées. J'ai imaginé la main gantée de ma grand-mère quittant la Russie. Et celle de mon grand-père qui regrettait de fuir avant même que le train soit parti. J'ai imaginé leurs noms sur les étiquettes, écrits avec l'alphabet latin, pour pouvoir passer les frontières. J'ai imaginé le bébé emmitouflé qui était ma mère. Tout ce long chemin qui les avait menés jusqu'à moi.

Et j'ai entendu :

— Sonietchka…

Je me suis tournée vers elle, elle gardait les yeux fermés.

— Oui, Babouchka ?

Elle a laissé passer un long temps et puis d'une voix très grave, presque une voix d'homme, elle a murmuré :

— Je suis tombée dans la rrue.

Ma grand-mère ne voulait pas entendre parler d'un docteur, pour elle les docteurs sont juste des poteaux indicateurs qui désignent la direction de l'hôpital après avoir demandé des honoraires faramineux. Ce sont les émissaires d'un ministère de la Santé qui n'aime pas voir traîner les malades dans les rues, et préfère les localiser dans des cliniques et des hospices où ils seront numérotés, désinfectés et démoralisés.

Elle m'a confié son porte-monnaie pour que j'aille à la pharmacie acheter des compresses et du sparadrap, le baume du Pérou dont elle a toujours un flacon était périmé depuis un an, mais elle a dit : « Le baume du Perrou est comme le parfum frrançais : il ne se perrime pas ! » J'ai pas mis sa parole en doute, même si je trouve que le baume du Pérou, périmé ou pas, a toujours la même grosse odeur sucrée et réglissée écœurante et lourde. Je préfère de loin son N° 5, même si à mon avis avoir un flacon de baume du Pérou chez soi est beaucoup plus rare que du Chanel, surtout pour une Russe.

Quand je suis descendue à la pharmacie, je me sentais bien. J'étais contente de m'occuper d'elle et étrangement aussi, contente que ça soit fait : ça y est, elle était tombée dans la rue, et alors ? C'était pas si dramatique que ça, les portes de l'enfer ne s'étaient pas ouvertes en même temps que la plaie, et je ne la trouvais pas plus vieille ni plus proche de la mort que quelques heures plus tôt, quand elle faisait sa toilette avec sa chemise de nuit trop courte et sa peau fripée comme un papier mouillé puis séché au soleil. La seule chose que je ne voulais pas, c'était croiser tous ceux qui étaient venus farfouiller chez nous, comme si les meubles étaient déjà aux enchères et ma grand-mère au bord de la tombe. Mais c'était l'heure des pissaladières et du jeu des Mille Francs, je n'ai croisé personne, que des odeurs qui se mélangeaient et le soleil qui se donnait au maximum et rendait Nice engourdie avant même que la journée ait vraiment commencé. La ville était soumise, un peu abrutie, le soleil la tenait dans son poing fermé et j'étais bien contente que Babouchka soit à l'abri derrière ses persiennes baissées et la nuit douce de sa chambre en désordre.

Je n'ai pas l'habitude de sortir à cette heure-là, l'heure où la ville est déserte en pleine lumière. On aurait dit que chacun s'était barricadé chez soi en attendant que John Wayne vienne les délivrer après le passage des hors-la-loi, mais c'était simplement l'heure du « banco ! banco ! banco ! », des abricots et de la socca. Et tandis que la ville attendait en mangeant, que Babouchka souffrait en silence, ma mère devait s'approcher maintenant de la fraîcheur de son petit rêve tranquille, loin de la Russie, des vieilles émigrées inquiètes, des maris silencieux et des enfants à charge. Moi, je marchais à l'aise et remplie de ma mission, sur les trottoirs chauffés à blanc d'une ville que je connais par cœur. Les rues étaient à moi, le porte-monnaie de ma grand-mère dans ma main, comme si c'était encore elle qui s'accrochait, me tenait à distance, et je ne risquais pas de la lâcher. Ma mère m'a lâché la main une fois au carnaval, en une seconde la foule a changé de visage, la fête est devenue mauvaise et menaçante, et puis après avoir bousculé des gens hilares, des amoureux collés, des groupes de copains qui prenaient trop de place, après avoir cru que la fête allait m'engloutir, j'ai retrouvé maman. Je l'ai tenue et je ne l'ai plus lâchée. Mais elle n'a jamais senti qu'on s'étaient perdues, que je l'avais cherchée et retrouvée. Elle n'a pas vu la différence, bien trop occupée à répéter : « Ils vont tout brûler ! Une année de travail et ils vont tout brûler ! » Au carnaval, au lieu d'entendre la fanfare, les cris, les rires, les pétards, elle ne pense qu'à une chose : les chars et les têtes en carton ne servent qu'une fois. Des artistes ont mis un an à tout faire, ils montrent leur travail et puis ils le brûlent. Est-ce que c'était vraiment les cartons en feu qui la mettaient dans cet état ? Moi je pensais aux églises, aux villages rasés par la Révolution, aux palais, aux tableaux, aux poèmes et aux livres détruits, mais je n'osais pas lui dire. Si elle n'y avait pas pensé, pas la peine de lui souffler des angoisses supplémentaires, pour ce qui est de se faire du souci ma mère n'a jamais eu besoin qu'on lui offre un bonus, elle s'alimente très bien toute seule. Et maintenant elle a dû dépasser Le Luc, Brignoles, Toulon, Marseille... Lyon peut-être... Elle a changé de ciel, changé d'accent, et elle sent qu'elle est habillée comme une Niçoise, que ses ongles sont vulgaires et ses chaussures trop ouvertes, ça se voit quand on est d'ailleurs, même une femme qui se lime les ongles avec un petit air affairé, ça se voit quand elle se demande en permanence si elle cadre dans le décor. Tant pis pour elle.

La pharmacie était ouverte. C'était bien la seule boutique à être ouverte à cette heure-là, je me suis regardée dans la vitrine, est-ce que je vais grandir dans cette ville, est-ce que je vais faire partie du grand mélange russo-niçois jusqu'à l'effacement total des blancs et des énigmes de l'Histoire ? Plus je vais grandir plus tout ça va se diluer, comme une eau sale dans la mer, comme les égouts sur la plage, ces endroits pleins de mouettes qu'on évite toujours en criant « Pas là ! Pas là ! C'est les égouts ! Oh là là ! » et on s'installe trois mètres plus loin comme si l'enfer à trois mètres, c'était sans danger.

Dans la vitrine de la pharmacie, une femme en carton souriait en tenant une pastille Valda avec deux doigts, ravie à l'idée de bientôt l'avaler, je me voyais en reflet sur cette femme en carton, de quoi elle aurait eu l'air, posée comme ça avec sa pastille sur un char de carnaval ? De quoi j'aurais eu l'air dans le quartier de l'Opéra, avec mes espadrilles, ma robe à fleurs et le porte-monnaie de ma grand-mère en guise de sac à main ?

— T'es pas partie ?

On devait être deux dans les rues de Nice à cette heure-là, et il fallait que je tombe sur Martine Duval, la gentille fille que personne ne remarque mais qui est toujours là, la main tendue et le sourire suppliant, comment est-ce que les gens du collège peuvent sortir du contexte comme ça sans prévenir, on aurait dit une figurante égarée.

— J'arrive de Paris, j'ai dit en soupirant, comme si la vie folle de la capitale m'avait épuisée.

— Ah... c'est pour ça, je me disais bien...

— Quoi ?

— Que t'étais pâle.

En fait Martine Duval est le genre de fille qu'il ne faut pas sortir du collège, sans quoi elle perd son air gentil et suppliant pour verser illico dans le sans-gêne, encore une qui ne sait pas où est sa place. Elle a désigné la pharmacie d'un petit coup de menton acnéique.

— T'es malade ?

— Non. J'avais juste envie d'une pastille Valda.

Elle m'a regardée et dans ses yeux brillait une grande absence, une hésitation qui la faisait vaciller. La pastille Valda l'intriguait bien plus que ma vie trépidante à Paris, elle a regardé la femme en carton, son sourire coincé dans son désir gourmand, elle m'a regardée encore pour évaluer les ressemblances et elle m'a dit que c'était nul de toute façon de rester à Nice l'été, elle revenait de La Baule et s'apprêtait à partir pour Le Touquet le lendemain même. Bon débarras, j'ai pensé, laissez-moi avec les touristes et les malades, tirez-vous tous à l'autre bout de l'hexagone, là où ça sent les guerres de 14-18, les débarquements et les rafles, et moi je continuerai à piétiner sur les trottoirs et à regarder les trains partir. J'étais folle de rage. J'ai pensé à Babouchka qui attendait les compresses, à ce monde lointain de la rue Rossini, à la grosse horloge de la gare de Lyon qui prévient d'emblée tous ceux qui débarquent à Paris, qu'ici le temps est ultra-important et prend plus de place qu'ailleurs.

— Mes amis arrivent de Paris tout à l'heure, ils veulent voir la Croisette et le rocher de Monaco, je suis sur les chapeaux de roues.

— T'as pas de bol, elle a fait.

Et je me suis rendu compte que je parlais comme une émigrée. Personne à Nice n'est épaté par la Croisette ou le rocher de Monaco, quand on vit à Nice on visite pas, on bronze, on regarde pas, on va on vient, on fait partie quoi, c'est naturel. Je manque de naturel.

— Finalement je préfère des compresses, j'ai dit, avant d'envoyer une grimace de dédain à la femme en carton totalement momifiée dans son désir de pastille Valda, et je suis entrée dans la pharmacie sans même avoir besoin de pousser la porte qui s'est ouverte toute grande en sonnant gentiment pour me laisser entrer. Là au moins, j'étais à ma place.

Le temps a passé, ralenti, rythmé par les pansements, les repas, les efforts de Babouchka pour se lever, se laver, marcher un peu dans l'appartement. Les voisins et la concierge me demandaient des nouvelles, « la mémé et la gamine » c'est ça qu'on était devenues, un couple qu'on ne voyait plus ensemble mais qu'on accordait toujours. Le facteur n'apportait aucune lettre du directeur d'*Historia*, pas même une carte postale de l'Opéra de Paris. Maman n'a jamais su que Babouchka était tombée dans la rue, quant à mon père pour être sûre de ne pas le voir débarquer, ma grand-mère lui a dit qu'on partait pour Saint-Dalmas-Valdeblore, où ses vieux amis les Danilov ont un chalet, sorte de datcha des Alpes-Maritimes, un bled aussi difficile à prononcer qu'à localiser. Je crois que tout ça était fait pour égarer mon père, qui n'a de toute façon pas beaucoup de points de repère quand il s'agit de moi.

Je sortais tous les après-midi, la sortie quotidienne du fameux programme anti-laissez-aller courait toujours, mais pour moi seule évidemment. Je prenais mon maillot, ma crème et je filais à la plage, parfois Suzanne venait avec moi mais pas souvent, mes horaires de plage étaient ceux de la sieste de Babouchka qui avait fini par accepter avec résignation cette déchéance terrible qui la ramenait au niveau de vieillesse de ses copines : elle dormait après le déjeuner. C'était l'heure la plus chaude et la mère de Suzanne tenait aux trois heures réglementaires entre la digestion et le bain, autant dire qu'à cette heure-là j'avais réintégré la rue Rossini depuis longtemps, ma journée était bouclée. Je vivais à contre-courant, jamais dans le même sens que les autres. Je commençais tôt, je finissais tôt. Le soir, à l'heure des promenades qui sentent le jasmin et le vent de la mer, Babouchka se couchait et il était hors de question que jc risque ma vie dans les rues alors que les voleurs d'enfants étaient sur le pied de guerre, et en cas de kidnapping comment prévenir mon père sans se trahir, lui qui me croyait à l'abri dans les alpages ?

Je ne sais pas si le baume du Pérou est impérissable, mais la plaie n'en finissait pas d'être « pas jolie jolie », et j'avais totalement intégré ça : une plaie de plus en plus noire et dont l'odeur est plus forte que celle du baume du Pérou, est franchement laide. J'avais coupé les petites peaux mortes tout autour et bouché le trou avec des compresses stériles hors de prix, mais ça ne se refermait pas vite et même, ça avait une légère tendance à se creuser, vraiment. J'avais beau être blindée et regarder la plaie bien en face chaque matin sans rechigner, je m'inquiétais un peu. Babouchka restait ferme dans son refus de voir un docteur et stoïque dans la douleur, même s'il me semblait qu'elle boitait de plus en plus et dormait mal la nuit.

Cette vieille dame qui s'inquiétait pour tout, cette Russe espionnée par Brejnev, Andropov, et même l'ombre de Staline, cette grand-mère persuadée que les enfants disparaissent dans des voitures noires, se noient dans les vagues immobiles de la Méditerranée, ou perdent leur âme dans la paresse des grasses matinées, cette Macha Sergueievna éternellement sur le qui-vive, n'avait pas l'air de trouver sa jambe noire plus inquiétante que ça. On aurait dit qu'elle attendait que ça passe, comme un orage, une pluie de novembre exactement, une sorte de pluie de saison qui finirait par disparaître aussi subitement qu'elle était apparue, pas de quoi changer ses habitudes, et pourtant… Plus le temps passait plus notre vie rétrécissait, c'était elle qui se refermait, pas la blessure, et notre temps d'activité était de plus en plus réduit. J'avais beau acheter ce qu'elle me commandait au marché, les harengs, les anchois, les concombres, elle cuisinait de moins en moins, les zakouskis et les macédoines pourrissaient au frigidaire, j'en venais presque à regretter le temps où ses amies se ruaient sur le poulet en ressassant leur nostalgie. J'ai bien essayé de perpétrer la tradition orale russe et de lui lire *Les Trois Sœurs*, décidée à faire bravement toutes les voix mais là, ça a été sans appel, dès la première scène avant même qu'Irina ait pu répondre à Olga, elle m'a balancé comme un vieux reproche : « Quand je pense que Lénine est venu salirr l'hôtel Oasis de sa prrésence maléfique ! Ah ! tais-toi ! Referrme le livre. Tais-toi. » Ma grand-mère n'a jamais digéré que Lénine descende à la même pension que Tchekhov, à deux rues d'ici, là où il avait écrit *Les Trois Sœurs*, justement. J'avais une marge de manœuvre de plus en plus réduite, elle était comme un animal traqué qui voit le danger dans tous les mouvements de la vie, les changements de lumière, le bruit des autres. Une fois, la télé des voisins l'a effrayée. Il n'y avait pourtant pas de quoi, c'était juste Simone Garnier qui encourageait la vachette de Cambo-les-Bains au moment où Léon Zitrone lui n'y croyait plus du tout et hurlait « Non Simone, non ! », Babouchka m'a dit : « Je le savais qu'il battait sa femme cet alcoolique ! », je commençais moi-même à devenir nerveuse et irritable. J'étais inquiète.

J'essayais chaque soir de m'évader à Manderley, mais je ne sais pas si c'est à cause de l'odeur du baume du Pérou qui avait remplacé depuis longtemps celle de la cire et de la laque Elnett, mais je n'arrivais plus à rêver. Les prières à la Vierge, les énigmes Anastasia, tout cela semblait faire partie d'un ancien monde, lointain, brouillé, et je glorifiais Anastasia et son saint nom, tandis que l'icône de la Vierge flottait à Manderley sur des courts de tennis déserts remplis de feuilles mortes. J'ouvrais la fenêtre de ma chambre aux heures les plus chaudes de la journée, rien que pour le plaisir d'entendre les sœurs Mariani progresser dans l'insulte, j'avais appris des choses comme « tronche d'ail » ou « fatche de con », je trouvais ça tellement joli que j'ai hésité plus d'une fois à descendre pour l'inscrire sur leur marelle, bien en gros entre la terre et le ciel.

Il était loin le temps des réussites et des lettres lyriques en mauvais français, Babouchka avait perdu le goût de tricher aux cartes, et avait fini par se lasser de ses défaites, elle n'avait plus ni malice ni révolte, et si Anastasia vivait toujours elle devait se sentir drôlement lâchée, maintenant que Macha Sergueievna n'était plus là pour la défendre.

C'est un vendredi du mois d'août que tout a changé. Ce jour-là avait commencé comme les autres, avec le soleil plaqué contre les fenêtres et les volets clos, avec les pleurs des bébés dans la cour et les chansons d'amour sur Radio Monte Carlo, la fraîcheur des pharmacies, les cris des marchés couverts, et le regard bleu de ma grand-mère qui flottait maintenant comme celui d'un nourrisson étonné.

J'étais officiellement partie acheter du beurre et du Paic Citron, et j'avais donné rendez-vous à Suzanne devant Le Bon Lait pour qu'elle me donne le *Elle* ramassé sur un banc de la gare, avec le supplément : « Petite balade dans le quartier de l'Opéra ». J'espérais lire entre les lignes des nouvelles de ma mère, si un jour je pars lui demander des comptes il faut bien que j'explore quelques pistes d'abord, je ne vais pas me planter sous la grande horloge de la gare de Lyon en attendant que les aiguilles m'indiquent la marche à suivre.

J'ai demandé à Suzanne si parfois elle ramassait pas aussi des magazines de santé, parce que j'aurais eu besoin d'un coup de main pour soigner la plaie de Babouchka, mais elle s'est vexée : « Je fais pas non plus les poubelles », elle m'a lancé, et j'ai bien vu qu'elle n'avait pas oublié la façon dont elle l'avait traitée comme une passante sans intérêt, le piéton de trop sur le trottoir réservé de la rue Rossini.

— Tu digères toujours pendant trois heures ? j'ai demandé, dans l'espoir qu'elle m'accompagne un midi à la plage où je m'ennuyais ferme entre des Anglaises brûlées au second degré et des enfants dévoreurs de chouchous et de pans-bagnats qui me faisaient envie et que ne je pouvais jamais me payer.

— Toujours…, elle a soupiré. Et puis elle a ajouté : Elle doit être sacrément riche, ta mère.

— Pourquoi ?

— Tu sais combien ça coûte un café au Café de La Paix ? Regarde, c'est marqué en page 62 : 10 francs 50 ! Et la salade ! La salade, regarde : 34 francs, la salade ! Dans le quartier de l'Opéra, même au régime, tu te ruines.

— Tant mieux si elle mange léger, elle au moins elle met pas trois heures à digérer.

— Tu me cherches ?

– Comment tu veux qu'elle soit riche ma mère, c'est une émigrée ?

— Mais c'est ça : tu me cherches !

— Comment tu veux qu'elle soit riche ma mère, elle est russe, elle s'appelle « Olga » ? Hein ! « Olga », tu comprends ça ? Comme la fille d'Alexandre II et même celle d'Alexandre III, et de Nicolas Ier, la fille de Nicolas II, et celle de Nicolas de Grèce, comment tu veux qu'elle se paye des salades à 34 balles ma mère, c'est une désargentée ! Tu piges ? Elle s'appelle « Olga », comme l'aînée des Romanov, comme la sœur d'Irina, et aussi l'amoureuse de Tchekhov, comment tu veux qu'elle aille au Café de La Paix, ma mère ? Elle allait aux camps d'été et à l'école avec l'argent des associations et des galas de charité, de CHARITÉ, tu piges ça oui ou merde, espèce de rascasse périmée ? Tronche d'ail ! Pisseusse ! Pauvre banaste, va !

Je crois que si l'épicière du Bon Lait n'était pas sortie de sa boutique pour gueuler plus fort que moi, j'aurais récité les arbres généalogiques de tous les empereurs de Russie en les mélangeant avec les héroïnes de la littérature et quelques insultes provençales bien senties, jusqu'à l'épuisement total de mes forces et de mon imagination.

L'épicière, après avoir surenchéri de sa grosse voix de paysanne, m'a fait entrer dans sa boutique poussiéreuse et asseoir sur son propre tabouret derrière la caisse, les bagues coccinelles à portée de main, qui avaient l'air de misérables têtes d'épingle rouges et noires. Elle répétait en boucle :

— Ah ben dame oui… oui oui oui… c'est une crise de nerfs, oui oui oui…

Et elle m'a donné un verre d'eau, une eau d'une douceur incroyable qui venait d'une bouteille et n'avait pas le goût rouillé de celle du robinet de ma grand-mère, étrange qu'une épicière avec d'aussi grosses taches sous les bras vende de l'eau aussi légère. Ça m'a calmée. Suzanne n'avait pas l'air de m'en vouloir, je voyais bien qu'elle avait hésité entre se barrer et m'en foutre une, et puis sûrement elle s'était dit que j'avais le caractère slave, celui que je lui avais expliqué une fois, qui plaisait tant à Coco Chanel et aux artistes mais pas aux idiots incultes – elle avait choisi avec cran d'être une artiste, c'était mon amie.

— Ah dame… pourquoi donc vous vous disputez comme ça sur le prix de mes salades… elles sont belles mes salades, ah ça oui oui oui, a dit l'épicière, ses grosses mains posées sur son ventre et ses pouces qui tournaient dans le vide.

Avec Suzanne on a regardé les laitues défaites, recroquevillées, presque noires dans les cageots sous le soleil, et on a souri.

Quand je suis rentrée rue Rossini, j'allais beaucoup mieux. « Dame oui », ma crise de nerfs m'avait fait du bien, et Suzanne m'avait promis de piquer de l'eau oxygénée et de la Bétadine jaune à sa mère, qui a une armoire à pharmacie aussi grande que sa salle de bains, bourrée de flacons en tous genres et de médicaments contre les ulcères à l'estomac, les reflux gastriques, les angoisses de la nuit, des fins de cycle et des débuts de journée, et les pastilles Valda en promotion.

Au début j'ai cru qu'elle dormait, je n'ai pas voulu déranger ma grand-mère. J'ai frappé à sa chambre, elle n'a rien répondu, je suis partie sur la pointe des pieds ce qui est idiot puisqu'elle est sourde, et j'ai commencé à feuilleter le *Elle*, allongée sur le sofa. Je me sentais très féminine à lire ce magazine, peut-être aussi que d'avoir hurlé contre Suzanne m'avait fait gagner quelques centimètres : j'étais visiblement plus vieille. Je ne comprenais pas ce que maman pouvait trouver à ce quartier plein de boulevards, de réverbères et de monuments gigantesques et affalés, s'il y avait des recoins poétiques ils n'étaient pas dans le reportage, où est-ce qu'elle était arrivé à caser son joli petit magasin et sa copine… mystère ! Petit à petit le silence dans l'appartement m'a paru lourd, c'est rare que Babouchka ne fasse pas des bruits quand elle dort, c'est rare que je ne sente pas comme la présence d'un petit animal, des chuintements, des mouvements, des signes qu'elle vit ses rêves tout haut. J'en étais à mon horoscope vieux de trois semaines et qui me disait que je ne devais pas hésiter à être plus sexy avec mon partenaire (pour les célibataires il prévoyait une rencontre surprenante dans un pays nordique ou au bureau, je me sentais de moins en moins concernée par ce journal abandonné) quand je me suis décidée à entrer dans la chambre de Babouchka sans frapper.

Elle n'était pas là. Elle n'y était pas ! Le lit était défait. Elle n'était pas dedans. La chambre était plus en désordre que d'habitude, on avait bousculé les médicaments, les livres et les cahiers, par un réflexe imbécile je l'ai cherchée, très vite, en courant d'une pièce à l'autre, je l'ai cherchée dans ma chambre, dans la cuisine, et même les WC où elle aurait pu tomber et s'évanouir, la baignoire où elle aurait pu se cogner et se noyer, j'ai même regardé par la fenêtre côté cour et côté rue, et plus je cherchais plus je sentais que quelque chose venait de se finir, quelque chose venait de se casser, mais quoi ? C'était difficile à dire, l'inquiétude était passée de mon côté, et si quelqu'un avait enlevé Macha Sergueievna c'est sûrement parce que je n'avais pas bien fait attention à elle, et qu'est-ce que je connaissais des dangers de sa vie, des voitures qui enlèvent ceux qu'elle aime, des révolutions qui se disent en cyrillique et des vérités historiques qu'elle n'ose pas lâcher vraiment ? Qu'est-ce que je savais d'elle à part qu'elle trichait aux cartes et se disputait avec ma mère ? Je savais que les Renseignements français et la Sûreté générale étaient après nous, enfin après *eux*, les Russes, qu'ils n'étaient pas arrivés comme ça avec les musiciens, les danseurs, les peintres, les écrivains et les chefs d'orchestre sous les vivats de la foule et les bouquets de fleurs, on les avait écoutés et de très près, soupçonnés de tout : des alliances avec les Allemands, les Soviétiques, les Francs-maçons et les Juifs, maman me l'avait dit plus d'une fois et c'est aussi pour ça qu'elle voulait prendre le large : ras le bol des batailles avec les catholiques et les préfets, les services de l'immigration et les organisateurs des bals de bienfaisance, ras le bol du bortsch, des Romanov et des commémorations à la cathédrale du boulevard Tsarévitch. Est-ce que ma grand-mère aussi en avait soudain assez de cette vie courte et monotone ? Est-ce qu'elle avait décidé de prendre la tangente encore une fois, elle qui sait ce que « se tirer » veut dire ? Mais alors elle n'était sûrement pas allée loin avec ce soleil acharné et sa jambe qui ressemblait plus à un bout de bois brûlé qu'à une alliée pour l'exil.

Je sentais l'inquiétude monter, j'avais comme elle et sa fille une petite machine à angoisse plantée au fond du bide et qui fonctionnait aussi bien qu'une horloge suisse, un mécanisme « du tonnerre » comme disent les chanteurs. Alors j'ai décidé d'être plus calme qu'elles, moins émigrée. J'ai réfléchi un moment et je suis allée sonner chez monsieur Tara, sous prétexte de lui demander du sel et prendre des nouvelles de ce qui avait bien pu se passer dans l'immeuble pendant que je pétais les plombs devant les salades du Bon Lait. Je ne voulais pas sonner chez madame Claudine, je préférais prendre mes renseignements chez un professeur de diction, même avec un foulard bordeaux, plutôt que chez une concierge qui guettait le moindre faux pas des locataires pour sauter dessus et se venger de sa condition sociale, oui c'est comme ça qu'elle fonctionne, Babouchka me l'a dit une fois : « Méfie-toi du petit peuple, Sonietchka, un jourr il se venge de sa condition sociale et devient sanguinairre ! » Sanguinaire. Je n'avais pas oublié ça et j'imaginais très bien madame Claudine éponger le sang de ses victimes avec la même rage qu'elle met à passer la serpillière, soufflant sa haine et sa fatigue de petit peuple vengeur.

Monsieur Tara a mis du temps à m'ouvrir, j'ai sonné plusieurs fois mais la musique à fond couvrait même les aboiements acharnés de Mimine, et puis entre deux morceaux, dans le petit intervalle silencieux, il m'a entendue. C'est bien la première fois que je vois quelqu'un avoir peur de moi. Il m'a regardée, mais pas de haut comme à son habitude, il m'a regardée avec le même air ahuri que mon père le jour où je lui ai demandé s'il pouvait me garder avec lui quand maman mettait les voiles, le regard qui dit que vous ne collez absolument pas dans le décor et que rien que de vous avoir en face est déjà une super mauvaise nouvelle. Je ne pensais pas déranger monsieur Tara à ce point-là. Pendant qu'il me regardait en silence avec l'air de celui qui vient de se prendre les doigts dans la porte, la musique a repris et ça l'a mis dans un état proche de la panique. C'était une musique langoureuse, une musique de charmeur de serpents, de films dangereux dans le désert, une voix de femme par-dessus les violons et les flûtes, il s'est rué sur le pick-up pour l'éteindre en disant : « Ah la nostalgie ! La nostalgie ! » et j'étais heureuse d'apprendre que ça n'appartenait pas qu'aux Russes. J'ai jeté un coup d'œil chez lui, on n'aurait pas dit qu'on vivait dans le même immeuble lui et moi, rien n'était pareil. Je m'étais toujours imaginé que chez les voisins c'était comme chez nous, les mêmes meubles aux mêmes endroits, les icônes dans un coin, la télé dans le salon et les magazines historiques à portée de main. Je ne savais pas qu'on pouvait clouer des tapis au mur ni même s'asseoir sur des coussins si bas autour d'une table à ras du sol, couverte de cendriers de toutes les couleurs. Ça ne sentait pas pareil non plus. Ça sentait le cuir et la menthe, le chien, et l'eau de Cologne de monsieur Tara par-dessus tout ça, ça faisait beaucoup d'odeurs pour un si petit appartement mais chez lui tout se superposait, c'était plein comme un œuf, à se demander comment il faisait pour respirer.

— Vous êtes arabe ? j'ai demandé sans trop y croire, vu qu'il est blanc comme un linge et professeur de diction.

Il a eu un demi-sourire un peu supérieur et un peu triste en même temps, et moi comme une idiote j'ai enchaîné :

— Non mais vous n'êtes pas obligé de me répondre, et puis subitement l'inquiétude est revenue à propos de Babouchka que j'avais oubliée trois secondes à cause du dépaysement provoqué par cet appartement sarrazin.

— Je suis pied-noir jeune fille, il a dit en reprenant son air hautain et en réajustant aussi sec son foulard bordeaux.

— Ah…, j'ai fait sans conviction.

— Comment va mémé ?

Je l'ai regardé bien en face avec concentration, une sorte de regard « sérum de vérité » pour voir s'il n'était vraiment pas au courant, mais je ne sentais rien et à part sa chienne qui bavait sur mes espadrilles, je n'avais aucune intuition de ce qui se passait réellement. « Pied-noir » je savais vaguement ce que c'était, encore des histoires de valises et de bateaux géants, de bébés emmitouflés et de préfectures, mais beaucoup moins que nous, c'était de la sous-émigration, des douleurs qui ne nous arrivaient pas à la cheville, les Russes viennent d'un pays géant et ils font tout en grand, la nostalgie ils se la passent pas sur un pick-up ils l'ont « dans les gènes » comme dit maman quand elle s'énerve.

— Elle voudrait du sel, j'ai dit pour tester son hypocrisie, mais ça ne l'a pas fait flancher, il est parti aussi sec dans la cuisine, très obéissant et serviable, à moins qu'il ait vraiment hâte que j'arrête d'observer la vie et les habitudes des pieds-noirs.

— Entrez, jeune fille ! Ne restez pas sur le seuil comme un commis voyageur !

C'est fou comme monsieur Tara est blessant même quand il veut faire le gentil, je me demande comment il traite ses élèves, je plains les bègues et les dyslexiques qui ont affaire à lui.

Je suis entrée mais j'avais hâte de repartir, j'avais des visions de Babouchka agonisant sur un trottoir brûlant, ramassée par des flics allergiques aux accents, il fallait que j'y aille, ici à part que les pieds-noirs mangent à ras du sol et se soûlent de musiques de film, je n'avais pas appris grand-chose.

— Votre mémé… Ah ! votre mémé…, a soupiré monsieur Tara en revenant de la cuisine, je l'ai toujours admirée. Elle et moi on est pareils : la maison de nos pères, n'est-ce pas… La maison de nos pères… c'est fini ! C'est fini… Fini.

Et il m'a tendu une coupelle multicolore remplie de sel.

Je ne savais plus quoi dire, j'ai hésité à lui dire de l'appeler « madame Sergueievna », puisqu'il était le seul à savoir le prononcer, et aussi à lui demander de l'aide, mais je craignais la concierge, si elle nous voyait ensemble en train de fureter dans les rues elle se méfierait, elle appellerait la police, peut-être même le propriétaire de l'immeuble, elle rechercherait mon père, ma mère, non, valait mieux que je le remercie pour le sel, qu'il m'oublie et se remette à sa nostalgie de demi-Arabe, de moitié Français, de Niçois sans maison.

— Merci pour le sel, elle va être contente. Je vous ramène la coupelle ?

— Oui c'est du Vallauris, j'y tiens beaucoup n'est-ce pas.

Moi qui pensais tenir précieusement une relique de l'Algérie, encore une fois j'ai eu la sensation de me faire avoir par les adultes, qui nous balancent des confidences douloureuses pour mieux nous entourlouper après, à peine le temps de compatir à leur douleur qu'ils sont déjà dans le frivole.

— Nous aussi on a pas mal de Vallauris, j'ai menti, c'est bien le Vallauris...

— Un peu cher, un peu surestimé... Arrête Mimine ! Oh ! Elle veut toujours être dans les bras, celle-là !

Et il a pris la chienne contre lui, tout à coup je l'ai trouvé gentil. C'est gentil de serrer Mimine contre son gilet tout propre, c'est gentil d'avoir mis des meubles à sa hauteur, c'est gentil de s'intégrer en achetant du Vallauris et d'admirer ma grand-mère, encore une fois j'ai hésité à lui dire que je l'avais perdue, et puis j'ai pensé que ça serait sûrement trop long après de lui expliquer la différence entre un palais près de la Neva gelée et une maison dans la Casbah, et de toute façon, qu'est-ce que j'y comprenais moi-même ? Est-ce que j'avais jamais vraiment vécu dans la maison de mon père ?

Je suis descendue poser la coupelle dans l'appartement et là je me suis dit que si j'étais flic je ferais comme dans les films : je chercherais les indices sur place. Je suis retournée dans sa chambre et j'ai regardé. C'était bizarre cette chambre vide, je me suis demandé qui viendrait après nous, des jeunes mariés, elle enceinte lui travaillant à la banque, elle lui ferait son nœud de cravate le matin, il lui apporterait le petit déjeuner au lit pour pas qu'elle vomisse en se levant, ou bien une femme seule avec trois enfants infernaux, elle crierait du matin au soir et eux joueraient dans la cour en hurlant aux sœurs Mariani « Va fanculo ! » parce qu'ils seraient de Rimini. Et alors il ne resterait rien de ma grand-mère et moi, les lettres aux présidents, mon prénom hurlé par la fenêtre, les kidnappings avoués avec désespoir à mon père au téléphone, les petits bruits de la salle de bains… Je suis retournée dans la salle de bains, tous ses produits avaient disparu. Je suis retournée dans la chambre, j'ai levé les yeux : en haut de l'armoire, il n'y avait plus qu'une seule valise. On n'avait pas enlevé Macha Sergueievna, elle avait vraiment filé, et sans un mot d'explication nulle part. Telle mère, telle fille. Mais elle, je ne la laisserais pas déguerpir comme ça, c'était bien trop dangereux et à moins qu'elle ait pris un taxi elle n'avait pas pu aller bien loin. J'ai regardé dans la boîte à biscuits planquée sous l'évier : elle n'avait rien touché, pas pris un seul billet, elle s'était fait la belle à pied et en boitant.

En descendant les escaliers je cherchais où elle avait pu avoir envie de partir. Où part une vieille Russe avec sa valise ? Où part une femme avec sa valise ? La gare ou l'hôtel… Voilà ! Elle avait reçu un coup de fil pendant que j'étais au Bon Lait, et elle savait que ma mère se limait maintenant les ongles près du boulevard des Italiens, entre le musée Grévin et l'Opéra, elle allait lui remonter vaillamment les bretelles… bien sûr que non, puisqu'elle n'avait pas pris d'argent pour le train. Je pensais à tout ça, je n'y comprenais rien, mais alors que j'arrivais dans le hall, la porte de madame Claudine s'est ouverte avec le feuilleton sur Télé Monte Carlo, et au moment où une femme disait « Non Charlie non maintenant c'est trop tard non », la concierge a gueulé : « Mademoiselle Sergu… Mademoiselle du premier, viens voir ici tout de suite ! » et j'ai compris qu'elle savait tout.

Cette vieille fouine avait cru bien faire en débarquant dans l'appartement avec ses propres clefs, soi-disant pour apporter le courrier, en vérité pour vérifier que je n'avais pas égorgé ma grand-mère « qu'elle s'inquiétait de ne plus voir faire ses courses », tu parles ! Elle avait la trouille que quelque chose de grave se passe, avec elle non seulement valait mieux pas être juif, mais pas malade non plus. Est-ce qu'elle avait déjà entendu la musique que se passe monsieur Tara en rêvant à son jardin sous les orangers ? Est-ce qu'elle connaissait le nombre exact de valises qui attendent le retour en haut des armoires en teck ? Elle avait envoyé Babouchka directement là où elle s'était juré de ne jamais aller : l'hôpital. Elle avait appelé et le médecin, et l'ambulance, et me reprochait de l'avoir mal soignée, d'être inconsciente, et dans la foulée voulait savoir où étaient mes parents, si ma grand-mère avait un numéro de sécurité sociale, quel était son médecin traitant, j'ai vu le moment où elle allait me demander si ses vaccinations étaient à jour et si elle recevait sa retraite en roubles ou en francs. Elle ne me faisait pas peur et j'ai menti sur toute la ligne : mes parents étaient dans leur propriété du Touquet et on n'allait pas tarder à les rejoindre, ils donnaient une grande réception pour fêter la promotion de mon père qui venait de passer inspecteur général des impôts. Ça l'a calmée pour un moment et elle est retournée à son feuilleton, à mon avis elle en avait loupé l'essentiel : il y avait eu des coups de feu terribles qui n'avaient pas l'air d'avoir manqué leur cible.

C'était une vieille clinique dans le quartier Magnan, une clinique qui disait d'emblée le nombre de malades qui y étaient passés, un endroit où s'entassaient sur les murs gris, dans les couloirs, les annonces de maladies et de mort depuis des centaines d'années. Il y avait encore les odeurs des uns et des autres, des odeurs de pansements, d'alcool à 90°, de merde, comme si on avait chié là, dans les recoins, derrière les placards, et puis la Javel aigre, aiguë, comme une fausse propreté, une bataille perdue d'avance contre les microbes, les virus, la douleur qui suintait elle aussi de partout, la révolte qui ne sert à rien et le chagrin des familles qui se cachent pour pleurer, qui disent « je sors m'en griller une » et s'écroulent en larmes dans les vieux couloirs. C'était une clinique où d'énormes chariots remplis de draps sales, en boule, en tas, croisaient ceux des cafés au lait et ceux des pansements, avec des bocaux immenses remplis de liquides troubles, et les boîtes en métal qui font du bruit quand le chariot roule, les ciseaux, les pinces qui se cognent là-dedans, l'attirail de la petite bataille, et dans cette clinique où des générations entières de Niçois avaient vécu les pires moments de leur vie, où des parents avaient perdu leur enfant, où des fils avaient perdu leur mère, où tous les chagrins inimaginables arrivaient, où toutes les douleurs étaient possibles, dans cette clinique-là, ils avaient osé mettre ma grand-mère.

Je ne savais pas comment faire pour cacher le chagrin que ça me faisait de la savoir là, et « par ma faute » comme disait cette saleté de concierge. Je ne savais pas comment la rejoindre sans flancher.

Déjà, il fallait que je paraisse plus vieille. Suzanne m'avait dit ça : les enfants sont pleins de maladies infantiles qu'ils peuvent passer aux vieux, ils n'ont pas le droit de leur rendre visite. Il fallait que je fasse 15 ans. L'âge à partir duquel on est sans danger. La question que je me posais c'est : comment un vieux peut-il attraper une maladie infantile ? Est-ce que vraiment on régresse à ce point-là quand on est à l'hosto ? Je n'ai pas eu trop le temps d'approfondir, le plus urgent étant d'aller voir ma grand-mère sans faire mon âge. Pour ça j'ai changé ma robe à fleurs contre un jean et un tee-shirt noir sur lequel j'ai mis un châle russe que je serrais contre moi en baissant les yeux : à 15 ans on réfléchit en regardant par terre quand on a du souci, et une grand-mère hospitalisée en est un gros. J'avais trouvé le rouge à lèvres de Babouchka, tout écrasé au bout, je l'imaginais appuyant avec conviction et myopie sur ses lèvres, satisfaite et inconsciente que ça débordait de partout et parfois même sur ses dents. Ça m'a un peu dégoûtée de le mettre et j'ai eu honte de ce dégoût, du coup j'en ai rajouté et posé aussi sur mes joues, je ne faisais pas deux ans de plus, je faisais plutôt cinq ans de moins, on aurait dit que ma mère m'avait maquillée en vitesse avant de m'expédier au carnaval de l'école.

Et c'est comme ça que j'ai pris le bus, avec le rouge à lèvres orange et le châle sous lequel je transpirais, serrée entre deux filles qui avaient largement dépassé l'âge des maladies infantiles et parlaient du nombre de vodkas qu'elles arrivaient à boire sans tomber, je me suis dit que c'était peut-être ça l'intégration russe : des Niçoises avaient pris les habitudes de mes ancêtres sans même les connaître. La ville défilait comme ça, derrière les vitres sales, Nice tressautait dans la chaleur du bus, les « Poussez-vous ! Oh putain, mais avancez vers le fond ! La porte ! La pooorte ! », les paniers, les petits chiens, les cannes, Nice n'était plus dans la mer, sur la Promenade des Anglais, Nice grandissait en même temps que moi, mon cœur tapait fort, je le sentais tout chaud lui aussi, pas bien préparé à ces changements et je me suis dit qu'après tout c'était le moment ou jamais de vérifier… Est-ce que oui ou non, j'étais une « petite fille qui n'aurait jamais survécu à la Révolution », comme Babouchka l'avait dit ?

La vie est pleine de ressources et souvent au moment où on s'y attend le moins : cette idée de devoir survivre à la Révolution m'a donné une pêche incroyable. J'avais presque envie d'en découdre, affronter le pire, braver le danger, j'étais devenue l'héroïne de mon propre roman, mon petit Manderley à moi toute seule. Et c'est comme ça que je suis entrée dans ce lieu à part, à l'écart de l'été, de la ville, un bâtiment sans âge où tout le monde était mélangé : les vieux, les jeunes, les seuls, les entourés, les au-bord-de-la-tombe et les presque-guéris, et on n'avait rien en commun à part une chose : le sentiment que c'était injuste d'être là, et le petit dégoût de comprendre que finalement on est tous pareils : on croit être aux commandes mais on ne décide rien, c'est à l'intérieur que ça se passe vraiment, dans le fond du corps et pour ça, on est tous logés à la même enseigne.

J'ai serré très fort mon châle contre moi, comme Lara dans *Le Docteur Jivago*, sa beauté douloureuse et son amour fou, et j'ai demandé à une infirmière la chambre de Macha Sergueievna.

— Elle est arrivée quand ?

— Tout à l'heure… Enfin ce midi… Y a pas longtemps. Macha Ser-gue-ie-vna…

J'avais un peu peur de la vexer mais je voulais la mettre à l'aise, lui montrer que malgré mon châle russe, pour moi aussi ce nom était difficile à prononcer. Elle s'est tournée vers sa collègue, elles parlaient bas toutes les deux, j'entendais : « Hein ? Ben je sais pas. Demande à Magali. T'as pas vu le stéthoscope ? Il est où Michel ? Qui ? Mais j'en viens de la 115 ! Le dossier ? Ah non. » J'essayais de relier tout ça, rien ne correspondait à ma grand-mère, j'avais même l'impression qu'elles étaient passées à autre chose, difficile de savoir à la clinique si c'est bon signe ou non qu'on vous oublie si vite. C'est sûrement plus inquiétant d'être leur préoccupation principale plutôt que la « mémé russe » sans intérêt, voilà ce que je me disais pendant que je sentais la transpiration m'envahir, sans savoir si c'était un début de panique, une mauvaise intuition, ou la chaleur mélangée à tout ce monde partout. Et puis j'ai pensé à Lénine qui avait massacré les Romanov, aux rues jonchées de cadavres, aux famines, aux barricades, et j'ai parlé fort comme une qui n'a peur de rien :

— Macha Sergueievna : elle est arrivée tout à l'heure avec une ambulance, elle est russe et elle a… c'est sa jambe… Elle est tombée dans la rue…

— Ils l'ont ramassée dans la rue ? C'est pas ici alors c'est aux urgences.

J'ai compris que dans ce monde-là, j'aurais très peu de marge de manœuvre : il fallait qu'on me comprenne dans la seconde, ou c'était fichu. Il y avait trois personnes maintenant qui attendaient derrière moi, une avec une perfusion plantée dans le cou, au flacon accroché à une sorte de poteau qu'elle tenait comme si c'était la barre d'un bus, un vieil homme plié en deux sur un déambulateur qui était sûrement sa dernière chance, et une femme avec un décolleté magistral qui ne collait pas avec le lieu.

— Mais si ! La Russe ! a crié la collègue de Magali, vous êtes sa petite-fille ?

J'étais étonnée que ça se voie si bien, je me suis sentie encore plus responsable d'elle, adulte et préoccupée.

— Oui je suis sa petite-fille. Elle va bien ?

— Je peux pas vous dire, le docteur est pas encore passé.

— Mais comment elle va ?

— Il faut attendre le docteur. Elle est à la

chambre 108, au bout du couloir à gauche, vous pouvez y aller mais pas longtemps hein, c'est pas l'heure des visites.

Je l'ai remerciée et en partant j'ai senti derrière moi le flot des impatients et des éclopés bouger comme une vague paresseuse, douloureuse et un peu grasse.

Alors elle était là... Il y avait un lit pour elle, ici. Son nom sur une pancarte. Son nom dans la liste des pansements et des repas, des dossiers, des instructions, son nom imprononçable remplacé par « la Russe », ma petite Russe chérie... J'ai revu sa main gantée sur la valise avec l'étiquette, la tête haute le bébé tout contre elle, son mari aux grands yeux penchés, la gare tout au bout de la rue Gounod, et maintenant son vieux corps dans cette clinique sale et bondée, cette vieille carcasse que j'avais pas su soigner, cette petite Machenka aux yeux bleus... Face à la porte 108 je me suis reprise, j'ai essuyé mes yeux, relevé la tête, serré mon châle et ouvert la porte avec assurance, comme on fait quand on a 15 ans.

Elle était où ? La chambre avait quatre lits, tous pareils, avec des pots en plastique, des tables de nuit avec une carafe, des fauteuils en skaï entaillés, et une odeur de renfermé, de mauvaise haleine et de pisse pour enrober le tout. Dans les lits, des formes allongées, d'où sortaient des ronflements et des raclements de gorge glaireux.

Je n'osais pas entrer. J'essayais d'évaluer depuis le seuil si cette chose-là était possible, s'ils avaient mal regardé ma grand-mère au point de la confondre avec les vieux miséreux abandonnés l'été à l'hospice. C'est ÇA la Révolution ? Ces corps mélangés, ce silence lourd, cette fièvre qui plane, cette attente ? De quoi ? Qu'est-ce qu'elle attendait là, allongée sans rien dire, allongée comme les autres, elle qui pensait que les exilées qui font la sieste font marrer Brejnev ?

Je suis entrée doucement, de loin j'ai regardé les lits desquels dépassaient des têtes hirsutes, des visages ramassés sur des bouches édentées… pas elle… encore pas elle… Et puis je l'ai vue. La plus longue, la plus grande, celle qui ne fermait pas les yeux mais regardait le plafond avec mauvaise humeur, prête à gueuler sa rage : c'était elle.

Elle en voulait à la terre entière. Elle était d'une humeur de chien, une humeur qui la maintenait vaillante et faisait fuir ses voisines qui la trouvaient méchante, peu fréquentable. Elles papotaient entre elles en échangeant des pâtes de fruits et des ragots, elles troquaient leurs yaourts et leurs compotes, et aussi des vieux magazines cornés aux nouvelles aussi périmées que la viande grasse qu'on leur servait dans des assiettes en plastique. Ma grand-mère et moi on les ignorait superbement, bien emmitouflées dans notre couverture de dédain et nos préoccupations littéraires. Car elle acceptait maintenant que je lui fasse la lecture, et pendant que je hurlais littéralement la détresse de Raskolnikov (qui n'aurait eu que l'embarras du choix pour tuer une vieille dans cette chambre 108), les vraies « mémés » piétinaient derrière nous en jacassant, comme si pendant que je lisais *Crime et Châtiment*, elles nous jouaient *Les Bas-fonds* en arrière-plan.

Tout cela nous allait à Babouchka et moi, on faisait « bande à part », le duo le plus concentré et le plus toqué de cet hospice où j'avais appris à connaître les infirmières, le docteur et les aides-soignantes, à distinguer les « bons » des « méchants », les filles aux sourires complices, des peaux de vache qui pestaient de ne pas être à la plage et d'avoir affaire à des malades si peu élégants, brisés en deux, déboussolés et souvent pisseux.

Ils l'avaient bien soignée. La concierge qui m'avait prédit une « amputation forcément, ben qu'est-ce que vous croyez ? », en avait été pour ses frais. D'accord ils l'avaient endormie pour racler la plaie, la récurer on pourrait dire, mais Babouchka avait supporté l'opération et la douleur avec un esprit de vengeance dont je ne l'aurais pas crue capable quand on était enfermées dans les odeurs de baume du Pérou. Elle ne se levait pas encore, tous les après-midi ils la « mettaient au fauteuil » comme ils disent, et elle ne marchait pas dans cette clinique, totalement inconsciente de ce qui grouillait autour, les larges escaliers humides qui mènent aux étages, les portes à la peinture écaillée qui battent au passage des chariots et des visiteurs, les malades tristes qui regardent par la fenêtre sans se soucier de leurs pyjamas mal fermés, leurs dos voûtés, leurs jambes maigres. Difficile d'imaginer que plus bas, à quelques rues seulement, il y avait tant de cris, de chahut à la plage, tant de soleil en reflets argentés sur l'eau, de peaux bronzées qui sentent l'huile de Tahiti, et la chaleur des galets sous les pieds, leur forme douce dans la main, le bruit lent des vagues qui les secouent doucement. On avait passé une frontière, ma grand-mère et moi, on nous avait jetées dans un monde où les heures étaient celles des thermomètres et des pansements, des repas du soir à 18 heures et des nuits aux lumières violentes dans les couloirs déserts, un monde qui menace de tomber sur chacun de nous au moment où on s'y attend le moins.

Aux côtés de Babouchka, tous les après-midi j'étais Sonia, la belle Sonia celle de Dostoïevski, je me sacrifiais pour ma famille, on m'appelait « Sofia », « Sonietchka », et j'en étais fière. J'étais l'ange rédempteur de ce fou de Raskolnikov, j'étais belle et douce, et malheureuse et croyante et courageuse… J'étais fière de mon nom et aussi de la façon dont je lisais sans trébucher sur les mots malgré la fatigue et la chaleur poisseuse de la chambre, et après ces lectures de plusieurs heures, j'allais à la plage. J'arrivais à la mer quand la foule en repartait, toujours cette drôle de vie à contretemps, et c'était comme si ce temps-là, celui de la plage presque vide, je le volais. Je faisais des choses que je n'avais jamais eu le droit de faire avant : prendre seule le bus, faire mes courses et choisir mes repas, rester seule sur la plage sans craindre le rapt, nager loin, rentrer tard après avoir marché lentement dans les rues, sentir monter les odeurs du soir, celle des fleurs qui respirent enfin, celle du sel de la mer dans la douceur du soleil bas, et même celle toute tiède du bitume enfin à l'ombre. Je restai longtemps assise sur les galets, on était bientôt en septembre et la ville redevenait elle-même, lâchait les touristes pour reprendre ceux qui habitent les maisons jaunes, les vieux immeubles, les anciens palais, les petits appartements penchés de la vieille ville, leurs escaliers mal dessinés et les tomettes fendues. Je rentrais parfois par le vieux Nice, ce lieu interdit par ma grand-mère, et je recevais les odeurs des restaurants et des poubelles, des chats maigres, de l'humidité, du poisson, au-dessus de moi il y avait les jardins du Château et tout autour les serpents de lumière, les lacets de feu sur la Corniche. Les gens mangeaient des glaces, promenaient les chiens, couraient en silence le long de la Promenade des Anglais, ils vivaient sans savoir ces lits tout proches, occupés par des malades dont certains ne verraient plus jamais Nice que par la fenêtre.

Et moi j'étais là, toute seule dans cette ville où

depuis si longtemps venaient se soigner les riches tuberculeux, et puis aussi les princesses excentriques, les auteurs désargentés, les familles déchues des empereurs fusillés, les émigrés fatigués. J'étais là avec toutes ces ombres et un seul personnage vivant : ma grand-mère. Et puis un soir, j'ai rencontré Lulu. Ça avait mal commencé pour nous deux. Je passais devant l'Hôtel Royal en revenant de la plage, c'était l'heure où Nice s'allume, où les étoiles ressortent, j'avais beaucoup lu *Crime et Châtiment* cet après-midi-là et beaucoup nagé après, le dos sur la mer chaude, les bras en croix et la tête plongée dans le ciel. C'était mieux que Manderley pour se barrer loin, le monde était vaste sous ce ciel immense qui s'assombrissait, je m'y projetais comme sur un écran géant et même si j'avais de la peine de savoir Babouchka enfermée dans la clinique et ma mère disparue, j'étais bien. J'avais comme un petit trac. Quelque chose me disait que bientôt ça allait être mon tour, j'aurais droit à ma vie, plein de choses nouvelles m'attendaient dont je n'avais même pas idée, « le destin », aurait dit ma grand-mère.

Sur la terrasse de l'Hôtel Royal à cette heure-là, les gens étaient bien. Ils finissaient leur journée par un verre de Campari, un cocktail imprononçable, une cigarette blonde et des rires amoureux.

Le bruit de la mer se mélangeait à celui des verres et des voix, ça prenait bien, il y avait même un petit vent doux pour bercer tout ça. Je n'ai pas compris pourquoi soudain ils se sont tous marrés quand je suis passée devant eux. Ils me regardaient et riaient sans se cacher. J'ai jeté un coup d'œil derrière moi, je ne traînais rien de suspect, j'ai tiré un peu sur ma robe que j'ai eu peur d'avoir attrapée dans ma culotte en me rhabillant sur la plage : les rires ont redoublé, pourtant de mon côté tout était normal. Je me suis tirée en vitesse, pour une fois que je participais à la vie nocturne de Nice, on se moquait de moi. Est-ce que ça se voyait tant que ça que je débutais en tant que passante solitaire ? Finalement je les préférais râlant contre le duo encombrant que je formais avec ma grand-mère, plutôt que se moquant de ma liberté nouvelle. Mais même en ayant dépassé la terrasse, je les entendais rire encore. J'ai regardé : un garçon stupide s'amusait à singer les passants. Il marchait derrière eux en mimant la façon exacte qu'ils avaient de bouger, et le seul à ne pas s'apercevoir de ce manège évidemment, c'était le pauvre innocent qu'il imitait, les autres bien planqués sur la terrasse étaient aux premières loges et se bidonnaient sans honte. J'ai réfléchi un petit moment, me demandant à quoi ressemblerait mon destin si le premier singe qui passait avait le droit de plomber mes soirées. De quel droit ce type maigre comme un clou et le visage bouffé par sa mèche blonde trop longue, décidait qu'on devait se moquer de tout le monde, sauf de lui ? Il était pas difficile à imiter, cet idiot pathétique qui attendait sûrement en retour de ses pitreries quelques piécettes lancées comme des cacahuètes dans son chapeau posé par terre. Mon cœur battait fort, je peux le dire. L'émotion et la colère m'envahissaient j'en avais mal au crâne, une voix me disait que c'était ridicule et une autre me soufflait que de toute façon j'allais le faire, et je l'ai fait. J'y suis retournée. Nice n'était pas le territoire de ce clown, Romain Gary avait rêvé devant cette terrasse où avant, au lieu d'un imitateur des rues il y avait un superbe orchestre tzigane qui leur arrachait des larmes, à lui et à sa mère. Oui, j'y suis allée. J'ai marché moi aussi derrière l'imitateur, je lui ai fait le coup de « l'arroseur arrosé », et c'était pas si difficile que ça finalement, parce que j'avais tellement peur, que ce n'était pas moi qui me donnais en spectacle, c'était une autre qui bougeait dans une sorte de brouillard, je tremblais mais je crois que ça ne se voyait pas, je faisais rire les gens, pas se moquer : rire. Ils étaient avec moi, je les avais retournés comme une crêpe, certains m'ont applaudie. Evidemment ça n'a pas plu au garçon que je lui vole la vedette à son insu, que je ruine son spectacle de rue. Il est devenu vert de rage quand il m'a vue derrière lui, il a ramassé son chapeau avec la monnaie et en me tirant par la manche il m'a entraînée un peu plus loin, ce qui a fait se tordre littéralement les consommateurs de l'Hôtel Royal, sûr que certains ont pensé que tout ça était réglé d'avance, un couple de saltimbanques sur la Promenade des Anglais.

— T'es malade ? il m'a demandé.

— On se connaît ? Pourquoi tu me tutoies ? Pourquoi tu marches derrière moi ? Pourquoi tu te colles comme ça aux gens ?

— C'est du mime ! Les gens adorent, le patron de l'hôtel dit que j'attire la clientèle.

— Toi ? Tu attires la clientèle ? Un caniche sur deux pattes les fait plus marrer que toi, tu peux me croire.

J'aurais jamais cru ça, mais on n'a pas pu aller plus loin dans la dispute, parce que le coup du caniche lui a fait de la peine. Je n'en revenais pas. Ce type qui n'avait pas peur de se coller aux inconnus pour les imiter, a vraiment cru qu'il ne valait pas mieux qu'un chien, et je me suis retrouvée à le consoler, lui dire qu'il faisait très bien la cagole sur ses chaussures trop hautes et le notaire sur ses jambes arquées. Alors il m'a dit qu'il s'appelait Lulu, et on est descendus discuter sur la plage.

C'était mieux qu'une terrasse de café. Il y avait des petits groupes partout à cette heure-là, l'obscurité attirait les gens. On entendait les guitares, les petits rires chahutés des filles heureuses, les grosses voix des discussions sérieuses, on voyait les bouts incandescents des cigarettes, les lumières sur les bateaux, on entendait rouler les galets, et les voitures qui passaient derrière nous, qui allaient peut-être en Italie, ou à Aix-en-Provence par la Nationale 7 silencieuse. On s'est assis un peu à l'écart avec Lulu, le dos contre le mur, on se parlait en regardant devant nous, la nuit et ses taches de lumières. Il avait abandonné ses études au lycée du Parc Impérial, et voulait partir à Paris suivre les cours du mime Marceau, il rêvait de faire lc clown devant le café des Deux Magots, sur les pavés face à l'église Saint-Germain. Il avait des rêves d'une précision étonnante, ses projets échafaudés depuis longtemps étaient bien en place.

— Il est beau hein, le lycée du Parc Impérial ? j'ai demandé.

J'avais toujours rêvé en voyant cette longue bâtisse derrière la cathédrale, cet ancien hôtel russe plein de mystères, de Manderley, de couples et de familles qui s'étaient aimés et déchirés, je les sentais tout près, avec leurs privilèges et leur insouciance fatale.

— Le lycée ? Ouais... Il est surtout très grand et très vieux. Comme la plupart des profs. Et toi ? Tu veux faire quoi plus tard ?

Je n'ai pas réfléchi et je me suis entendue dire :

— Ecrivain.

— Moi j'aime pas beaucoup les mots... je trouve jamais les bons... ceux qui pourraient dire exactement ce que je pense.

Je ne l'écoutais plus, je venais de découvrir que je voulais être écrivain, mais est-ce que c'était possible vu que je n'ai jamais rien écouté en classe et que l'orthographe est ma pire ennemie, moi qui lançais des incantations contre les auteurs quand j'étais en primaire, parce qu'à cause de leurs textes qui faisaient nos dictées, j'allais encore me choper un zéro ?

— Tu pars quand à Paris ?

— J'attends que mon copain Adriano ait l'argent pour partir avec moi, on s'installera ensemble, en attendant on répète un super numéro : on cuisine des spaghettis devant les gens, et puis on les mange. On l'a testé plusieurs fois ici, ça marche vachement bien, ils sont pliés de rire.

— Tu cuisines des spaghettis dans la rue ? Déguisé en clown ?

— Oui.

J'ai regardé un peu les étoiles pour réfléchir à tout ça, cette façon incroyable qu'ont les gens d'avoir des vies secrètes, des rêves étranges et des idées tordues. J'étais assise à côté d'un garçon qui rêvait d'aller cuisiner des spaghettis devant l'un des plus célèbres cafés de Paris... qu'est-ce que ma mère aurait pensé de ça ?

— J'ai 14 ans ! Bon Dieu j'ai 14 ans depuis trois jours !

Lulu m'a regardée, à peine étonné.

— Bon anniversaire ! il a dit, en levant une coupe imaginaire vers le ciel. Tu sais la différence entre boire un verre de vin et une coupe de champagne ?

— Mais putain, j'ai 14 ans...

— Bon anniversaire ! il a répété, et il a rajouté : La différence est dans la bulle : regarde. Et il a fait celui qui ne peut pas boire parce que les petites bulles lui sautent au visage, le font cligner des paupières et grimacer un peu. Alors j'ai levé ma coupe moi aussi, et on a trinqué comme ça à mes 14 ans tout neufs, avec une coupe invisible face à une mer plongée dans la nuit. Les petites bulles se sont échappées un peu partout dans Nice, sûr que Macha Sergueievna en a reçu quelques-unes derrière les oreilles.

J'ai décidé d'aller voir mon père. Comme ça. Sur un coup de tête. Je voulais récupérer des affaires avant la rentrée des classes du 15 septembre, et aussi fêter mes 14 ans par une mise au point toute personnelle : je voulais évaluer à quel point je l'aimais, à quel point il s'intéressait à moi, et jusqu'où je pouvais aller dans le détachement sans me mentir.

Je ne l'ai pas prévenu. J'ai débarqué un soir, les clefs autour du cou et les cheveux encore mouillés de mon bain tardif, et quand j'ai ouvert la porte sans même avoir donné un coup de sonnette annonciateur, j'ai senti comme un petit remue-ménage à l'intérieur. Mon père a crié, d'une voix fragile et inquiète :

— C'est toi ?

Je ne savais pas à qui il s'adressait, qui il appréhendait de voir débarquer : ma mère, ou moi ? Alors je n'ai rien répondu, au contraire, j'ai pris l'air tout à fait naturel et détaché de la fille qui arrive chez elle, je suis entrée dans le salon en balançant mon sac de voyage vide dans un coin, et aussi un « Salut ! » qui se voulait joyeux et dynamique. Il a éteint la télé, écrasé son cigarillo de ses doigts jaunes, et tiré plusieurs fois sur son pantalon, un geste qu'il fait toujours quand il est gêné : il tire sa ceinture vers le haut, il est ridicule et maigre, d'un autre âge. Il s'est avancé pour m'embrasser, se donner une contenance. C'était un baiser « de société », pas de père qui n'a pas vu sa fille depuis des mois. Il m'a embrassée et ses joues ont juste cogné les miennes, ses lèvres n'ont touché que le vide, son haleine était celle du cigarillo pas cher, aigre et froid.

— Tu vas bien, ma fille ?

— Génial, et toi ?

— Ben tu vois… Le train-train… C'était bien Saint… La montagne ?

— Vachement.

— C'est bien… C'est bien…

Je me régalais presque. Il était pété de trouille. Il se demandait avec appréhension si je ne venais pas le rejoindre pour de bon, si j'allais pas m'incruster dans ma chambre après avoir dévalisé le frigidaire et réclamé mon argent de poche. Pour tester son niveau d'angoisse je me suis laissée tomber sur le canapé, après lui avoir balancé un sourire qui disait : « Ok, on s'est tout dit. Passons donc une petite soirée sympa avant d'aller nous coucher. »

— Tu regardais quoi à la télé ?

— Oh, tu sais… Je regarde sans regarder… Un Maigret.

— Remets-le, j'aime bien Jean Richard, il est sympa.

— Oh, j'ai pas bien suivi… Je me suis endormi… Tu sais… quand on est seul… Enfin.

— Tu as eu des nouvelles de maman ?

Il a ouvert des yeux ronds, les sourcils en accent circonflexe, je venais de poser la question la plus déplacée du siècle. Il a fini par articuler :

— Nnnon…

Et deux petites gouttes de sueur sont venues se poser sous son nez, juste au bord des lèvres, il me dégoûtait.

— Ça t'inquiète pas ? T'as pas envie de savoir ?

— Mais savoir quoi ? Elle est partie, elle est partie ! Et toi, pourquoi tu te réveilles maintenant, hein ? Qu'est-ce que c'est que ces histoires que tu viens me faire ? Bon, qu'est-ce que tu veux ? Et ce sac de voyage, c'est quoi ?

C'est là que j'ai compris que mon niveau de résistance n'était pas très élevé. Mon cœur cognait dans mon ventre et je me retenais de pleurer, j'avais cinq ans et j'avais peur de lui. Sans raison. Il n'a jamais levé la main sur moi. Mais il a toujours eu des colères de faible, des colères froides et méchantes qui surgissent sans prévenir. Un fouet qui claque. Mon père est persuadé que ses malheurs viennent directement de ses proches, qu'il est la victime de tous ceux qui ont partagé son quotidien et il nous en veut, à ma mère et moi, d'avoir vu jour après jour, à quel point il ne sera jamais à la hauteur de ses ambitions. Il nous déteste pour cela, il nous haïra toujours avec soin, sa petite vie moyenne d'inspecteur des impôts, le surplace de son existence.

— Elle est à Paris, elle t'a pas dit où ? Non parce que tu vois, elle m'a donné son numéro de téléphone et puis je l'ai oublié à Saint-Dalmas-Valdeblore dans une cabine téléphonique, et maintenant qu'est-ce que je peux faire ? Tu l'as toi, son numéro ?

— Mais c'est quoi ce sac de voyage ?

Il me voyait comme il voyait ma mère. Il avait peur que mon retour signifie le sien, que ma présence lui rappelle la sienne, que je lui parle d'elle sans partager avec lui sa détestation, il m'en voulait parce que j'étais la fille de sa femme. Qu'est-ce que je pouvais faire contre ça ? J'ai regardé le sac de voyage et je n'ai même pas menti.

— La rentrée est la semaine prochaine. Je vais rester chez Babouchka, elle a besoin de moi. Je suis venue prendre des affaires et je repars.

Il a été soulagé, et un peu malheureux aussi de ce soulagement. Il aurait aimé m'aimer, je crois. Il aurait aimé avoir cette capacité-là. Mais il n'y arrivait pas et j'étais juste le dernier témoin de ses échecs, « le témoin de trop », aurait dit Jean Richard… Mais on n'était pas dans un film, on était dans le salon de mon enfance, les rideaux en percale, les meubles en pin, le cadre photo sur le poste de télévision, et la tristesse du soir qui tombait comme la couleur naturelle de ce lieu où je n'avais jamais surpris un baiser entre mes parents, un clin d'œil, une caresse en douce, pas même un haussement d'épaules complice. Rien que l'abattement et la rancune muette. Rien que les espoirs de séparation et la peur de ne pouvoir l'affronter, des rêves parallèles et des insomnies communes, dos à dos dans le lit trop grand.

— Tu vas vivre chez cette vieille toquée ? Non mais c'est bien, remarque… c'est bien.

— C'est bien ou c'est pas bien, je comprends pas ?

— C'est bien.

Il venait de me mettre à la porte. Et à son habitude, il m'en laissait la responsabilité, demain il dirait : « Elle est comme sa mère, elle m'a laissé, qu'est-ce que je pouvais faire ? Je ne suis pas du genre à retenir de force… Et maintenant je suis tout seul... » J'ai attrapé le sac de voyage et j'ai filé dans ma chambre.

C'était un lieu lointain. Plus je me reconnaissais dans cette chambre, plus aussi je m'éloignais de ce que j'avais été. Je me voyais, je voyais mes quatorze années de jeux, de larmes, de lectures secrètes avec la lampe de poche, de confidences à des amies qui n'en valaient pas la peine, à des objets fétiches, une peluche, mon journal intime, mes Manderley, mes prières, mes peurs des bruits du dehors, des hommes méchants dans le placard, et des plaisirs solitaires coupables. Je me voyais grandir, faire ma valise après les départs de maman, revenir après ses retours, l'espérance qu'il y avait alors : est-ce qu'elle avait enfin trouvé ce qu'elle cherchait, est-ce qu'elle allait rester pour de bon ? Et la peine, la jalousie de ce qu'elle trouvait dehors et que je ne lui donnais pas ici. Je n'étais pas « assez » pour la retenir : assez belle, assez gentille, assez bonne élève, intéressante, française, drôle... tout ce qu'on veut. Je ne l'étais pas. Dans cette chambre, cet appartement, avaient vécu ensemble des personnes qui ne se donnaient pas d'amour, c'était une sorte de kommunalka, on était obligés de vivre ensemble, mais pas à cause des communistes, c'était pire que ça : on était obligés de vivre ensemble parce qu'on était une famille. Un seul grand corps relié par le sang et les gènes, les noms et les fiches d'état civil, alors on ne pouvait pas s'en prendre aux autorités si c'était insupportable. Les seuls fautifs, c'était nous.

Je ne savais pas quoi prendre. Les disques, les photos de cinéma, les livres déjà lus, les jouets cassés jamais jetés, les vieux numéros de *Salut les copains*... Je voyais bien qu'on avait essayé de faire comme les autres : acheter et offrir ce qui va à tous les enfants et à n'importe quel adolescent, et je n'avais envie de rien. Je m'en foutais. Et puis j'ai vu ma petite chaise. Toute petite chaise ronde, faite exprès pour moi par un ami de ma mère quand j'avais trois ans. Elle avait un barreau cassé parce que je m'étais acharnée à m'y asseoir, même quand je n'en n'avais plus ni l'âge ni surtout le poids.

— Qu'est-ce que tu fais ? a demandé mon père quand il m'a vue revenir dans le salon sans mon sac de voyage mais avec ma chaise cassée.

— Ben tu vois : je récupère mes affaires.

— Tes affaires de classe, elles sont où ?

Et il est parti lui-même remplir le sac de voyage. Je l'entendais fouiller dans les armoires, le bureau, il avait sacrément l'habitude, il n'a pas mis cinq minutes avant de revenir, le sac bourré à bloc.

— J'ai besoin d'argent pour la rentrée.

— Ben oui mais là... Enfin, Sonia ! Tu débarques à l'improviste, tu me réclames de l'argent… J'en ai pas sur moi.

— Fais un chèque à l'ordre de Macha Sergueievna Loubovski.

Il m'a regardée en essayant d'évaluer ce qui se passait exactement, ce que je voulais de lui. Ses lèvres ont disparu dans une grimace rentrée, il n'avait plus de bouche, il était laid. Et embêté. Je savais qu'il ferait le chèque, qu'il ne prendrait pas le risque que je revienne à la charge, à l'improviste et avec mon propre trousseau de clefs. Il a soufflé fort par ses narines pincées, et il a pris le chéquier dans son bureau. Là, il a réfléchi longtemps. Il m'observait avec l'air un peu tordu de celui qui a mal au ventre et se retient. Combien je coûtais ? Combien valait la fille d'Olga Iourievna Loubovski ? Combien de zéros sur le chèque à l'ordre de « cette vieille toquée » comme il disait, qu'était ma grand-mère ? Combien devait-il donner pour que je ne revienne plus ? Pour que je disparaisse ? J'ai failli lui dire de ranger son chéquier mais le besoin d'argent était plus fort que l'orgueil : malgré tous mes efforts il n'y avait plus aucun billet dans la boîte à biscuits sous l'évier.

— Mille, ça suffit ? Tu paieras la cantine en liquide. C'est possible ? Mille, ça fait une bonne réserve, et pour longtemps.

— T'es pas obligé de me donner tout d'un seul

coup… je veux dire : toute l'année scolaire d'un seul coup.

— Il ne sera pas dit que j'ai laissé ma fille dans le besoin, moi. Je connais mes devoirs.

J'ai respiré fort, je serrais la petite chaise dans ma main, l'envie de la lui balancer en pleine figure, l'envie de pleurer. Je ne l'ai pas fait. Il m'a tendu le chèque et je l'ai pris. Est-ce que l'argent n'est pas toujours sale ?

Mon père se tenait debout face à moi, plus droit maintenant qu'il avait payé, qu'il était « quitte », victime de ce sacrifice financier qui disait à quel point il ne voulait plus de moi. J'ai eu envie qu'il rajeunisse, qu'il ait un tout petit peu de tendresse, pas beaucoup, juste celle qu'on a pour un plus petit : chien, chat, enfant, j'ai eu envie qu'il se penche vers moi, qu'il dise un mot. Mais il a rajusté sa ceinture, soulevé un peu son pantalon : on s'était tout dit. Je l'ai fait, quand même. Parce que j'en avais envie et aussi parce que je ne voulais pas avoir de remords jamais. Jamais rien regretter. J'ai posé ma main sur sa joue et j'ai murmuré : « Papa… » Et quand ses yeux se sont embués, je suis sortie. J'ai tourné le dos à mon enfance et je ne l'ai plus jamais regardée.

Avec la rentrée des classes, mes horaires de visite à la clinique ont changé. Mes trajets aussi. Entre mon collège du Fabron et la rue Rossini, la clinique était comme une halte maintenant sur ma route. J'y allais après les cours. Ma grand-mère marchait de nouveau, appuyée sur une béquille qui lui donnait l'allure d'un vieux maréchal, et c'est vrai qu'elle était en guerre permanente. Le seul endroit où elle se calmait un peu était le jardin, que j'appelais « la zone libre » et dans lequel elle oubliait ses voisines égarées et les nuits trop longues, les repas infects, et la brusquerie des infirmières qui l'appelaient « elle », « mémé », ou encore « on », ce qui était pour elle le plus insupportable. Elle ne s'y faisait pas. Elle me disait : « Ce matin Jacqueline m'a demandé si ON était allé aux cabinets ! Mais de qui elle parrle, Sonietchka, je ne comprrends rrien ? » Je lui expliquais que ce « on » pouvait être envisagé comme une troisième personne de politesse, mensonge inutile, elle n'en démordait pas : les infirmières voulaient l'associer (elle disait « acoquiner ») avec une vieille de sa chambrée. Mais laquelle ? La naine aux ongles cassés et qui se grattait compulsivement l'oreille en répétant : « Ça non jamais une pomme de terre dans la ratatouille jamais jamais dans la ratatouille jamais » ? La crasseuse décoiffée qu'on appelait « Baba-Yaga », non seulement parce qu'elle ressemblait à la sorcière mais aussi parce qu'elle bégayait lamentablement ? La trop grande, cassée en deux, qui chantait *Minuit chrétien* dès que les cloches de Sainte-Thérèse sonnaient ? Le petit peuple misérable encore une fois, était à ses trousses, et Jacqueline la soupçonnait d'aller aux cabinets avec lui. Ça n'était pas tolérable. Elle était sur ses gardes.

Dans le jardin, on allait toujours au même endroit, elle acceptait de s'asseoir sur un banc sans avoir peur de mourir : dans la zone libre certaines craintes se relâchaient, mon vieux maréchal me racontait même parfois quelques souvenirs. Elle regardait les roses, la lavande, hochait un peu la tête et disait : « Si tu crrois que ce sont les roses de Crrimée qui me manquent, tu te trrompes ! » Je ne savais pas qu'il y avait des roses en Crimée, mais je jouais le jeu : « Si tu me dis l'inverse Babouchka, je ne te crois pas ! » Elle souriait un peu et enchaînait : « Si tu crrois que ce sont les laurriers-roses de Crrimée qui me manquent, tu te trrompes encore ! » Je prenais l'air sacrément embêté et je continuais la litanie, on inventait les refrains d'une chansonnette à laquelle il ne manquait plus que la musique. « Si tu me dis l'inverse Babouchka, je ne te crois pas ! » Là, elle commençait à se marrer un peu, ça prenait la tournure qu'elle voulait. « Si tu crrois que ce sont les magnolias de Crrimée qui me manquent » etc., et tout y passait, les cyprès, les tilleuls, le blé, le raisin et même le riz, jusqu'au fameux : « C'est la tomate noirre qui me manque, Sonietchka, c'est la tomate ! » et cela la faisait rire comme une gamine, par saccades, la main devant la bouche, les yeux levés au ciel, elle avait dix ans. J'étais sa grande sœur, sa copine de jardin, son interlocuteur privilégié. La tomate de Crimée nous a fait rire plus d'une fois, elle était l'indicateur infaillible du moral de ma grand-mère. Les jours où elle ne me la ressortait pas, je savais qu'il y avait du souci à se faire, j'allais voir les infirmières en douce, et surtout Valentine, que nous appelions « Coucou » parce qu'elle était maigre et sautillait tout le temps, courant d'une chambre à l'autre en balançant des petits : « Coucou tout le monde ! Coucou ! Coucou ! Comment ça va ce matin ? » Coucou dédramatisait tout, habituée à ce quotidien déglingué, ces vieilles dames sans boussole et ces journées à l'envers. Quand j'étais inquiète parce que Babouchka ne m'avait pas fait le coup de la tomate, mais celui de la muette au regard flottant et à l'humeur triste, elle disait avec son accent de Provence : « Mais c'est une coquine cette Russe, tu le sais pas toi que c'est une coquine ? Té ! Je te vois toute estransinée, mais c'est ça qu'elle cherche ! Va, ma caille va, te tourne pas les sangs, apporte-lui plutôt son jeu de cartes. » Et c'est comme ça que ma grand-mère s'est remise aux réussites. Et aux obsessions qui vont avec. Je le sentais sans qu'elle m'en parle. Elle posait des questions faussement naïves sur ce qui était arrivé au courrier : les factures, les quittances de loyer, le bulletin de la cathédrale orthodoxe, bref, tout ce qui n'avait aucun rapport avec le directeur d'*Historia*. Je sentais couver l'orage.

Il a éclaté le jour où sa vieille copine Tania Maximova est venue lui rendre visite. Nous étions assises dans la zone libre, en pleine comparaison entre les œillets de Nice et ceux de Russie, et j'étais en train de lui mimer la tige de l'œillet buvant la couleur pour que le pétale se teinte, j'aspirais le vide, bras à demi écartés, paumes ouvertes vers le ciel, « Comme une paille, Babouchka, tu vois la tige aspire la couleur comme une paille » quand Tania a débarqué avec ses tresses sur la tête et son filet à provisions bourré de crêpes froides mal cuites. A peine a-t-elle eu le temps de dire : » Zdrastvouïtié ! » que ma grand-mère l'a coupée d'un cinglant : « Sonia ne comprrend pas le rrusse. » Je ne sais pas laquelle de nous trois était la plus surprise, et après un petit silence Tania a demandé :

— Et les crêpes russes, elle les mange ?

La méchanceté de cette question n'a pas échappé à mon vieux maréchal qui avait déclenché les hostilités avec entrain.

— Pas les tiennes.

Je sentais que je débarquais dans un feuilleton dont j'avais loupé l'essentiel, s'était-il déroulé en russe sans que je le comprenne, ou en mon absence, et quelqu'un pourrait-il m'en faire un résumé ?

— Bien, a repris Tania en posant le filet sur le banc, je vais parler français, je parle très bien français. Reprenons cette histoire où nous l'avons laissée…

— Pas la peine ma pauvrre Tania, ça n'interresse perrsonne ici, crrois-moi.

— Il s'agit tout de même (tu vois je parle très bien français) de son grand-père, Iouri Loubovski.

L'expression « silence pesant » venait de prendre un sens que je ne lui avais jamais soupçonné, il s'est mis à faire lourd, c'était moite, et plein, un temps mort gonflé de rancune. Pourquoi ma grand-mère avait-elle exigé, pour la première fois, que l'on ne parle pas russe devant moi ? Craignait-elle que je l'aie appris en secret et que je l'espionne ? Etait-elle traquée à ce point-là, et que pouvait-il bien arriver à mon grand-père, mort depuis quatre ans ?

— Sonietchka, m'a dit Babouchka, ne laisse jamais salirr tes ancêtrres. Jamais !

— Je pose simplement une question Macha, nous on a… n'a-te-on… n'a… on-t-a… ah ! Tchort ! On PEUT poser une question !

« Ah ! Tchort ! » voulait dire « va au diable », quant à sa question j'avais hâte de l'entendre.

— Alorrs voilà, Sonietchka, m'a dit Babouchka, voilà ce qui se passe : ton grrand-pèrre trravaillait dans les assurrances, ah ! la belle affairre !

Et elle s'est levée, je lui ai donné sa béquille, elle a eu une grimace de douleur très exagérée, elle soufflait péniblement, j'ai été à la hauteur :

— Et voilà ! Le docteur voulait que tu te reposes et toi, tu gambades, tu restes des heures dehors ! Et cette plaie qui ne se referme pas, mon Dieu ! Mon Dieu ! Mais qu'est-ce qu'on va devenir, pardon Tania, pardon laissez-nous passer, doucement Babouchka, quel malheur ! Mon Dieu quel malheur !

J'étais aux anges. Des semaines de lecture à voix haute de *Crime et Châtiment* avaient été plus profitables que n'importe quel cours de théâtre, si l'écriture ne marchait pas, plus tard je pourrais toujours faire tragédienne.

Tania a repris ses crêpes russes et froides, elle n'était pas dupe, je l'ai entendue crier dans notre dos :

— On peut se poser des questions !

Ce à quoi ma grand-mère a répondu brièvement, un juron bien senti apparemment, l'autre s'est signée et on ne l'a plus jamais revue.

Elle s'est couchée. Fatiguée. Révoltée. Un peu triste.

— J'aimais beaucoup Diedouchka, tu sais. Je l'ai pas connu longtemps mais je l'aimais beaucoup. Il était gentil.

Elle a hoché la tête, elle était d'accord.

— L'année dernière ils ont passé *Les Enfants du Paradis* au Rialto, j'y suis allée avec maman…

Elle a baissé les yeux. Et moi aussi. J'avais une boule dans la gorge, je revoyais l'émotion de maman à chaque apparition de son père, ses mains jointes qui se retenaient d'applaudir, ses yeux pleins de lumière fascinés par l'écran, elle le regardait comme je ne l'ai jamais vue regarder personne. C'était une joie et une admiration de petite fille, quelque chose de naïf et d'impudique aussi. Et pourtant ça ne durait pas longtemps. Le figurant Iouri Loubovski ne faisait que passer… Très vite.

— Nous les Rrusses, on n'avait pas le drroit de trravailler dans les assurrances… Et alorrs ? Il avait des amis. Et alorrs ? Cette vieille chouette qui veut me tourrmenter… Elle me tourrmente Sonietchka, dis à Coucou de me donner un petit comprrimé pour dorrmir ce soirr… Tu le ferras ?

— Oui, ne t'inquiète pas, je lui demanderai.

— Ils l'ont toujourrs détesté, ah ! Bien sûrr lui, tu comprrends, lui… il n'était pas comme les autrres… Il était…

— Triste ?

— Non… Comment dirre… Il était…

— Nostalgique !

— Non. Il était… à l'Union pour le Retourr dans la Patrrie, tu sais ça ?

— Oui.

— Mais aprrès… il a lâché… On a décidé de rester. Elle me tourrmente Sonietchka, tu demanderras à Coucou…

— Oui.

— Elle m'en veut à cause… tu sais quoi… Anastasia…

Elle a posé un doigt devant sa bouche, et ce geste de « vieille toquée », comme disait mon père, m'a bien plus inquiétée que le reste, auquel je ne comprenais absolument rien. Elle a murmuré en jetant des regards traqués sur les vieilles éclopées qui partageaient sa chambre :

— Parrce que moi : je sais...

Elle a frappé sa poitrine en répétant tout bas :

— Je sais...

Et puis, comme la digne grand-mère d'une future tragédienne, elle s'est mise à parler très fort, avec une voix alerte et dégagée :

— Alorrs, Sonietchka ? Melchiorr (et là elle m'a balancé un énorme clin d'œil) Melchiorr a-t-il prris la plume ?

Très embêtée j'ai fait signe que non, et elle a arrêté sa comédie. Elle était déçue. Je m'en voulais. Je sentais qu'une réponse de Melchior-Bonnet aurait été beaucoup plus efficace qu'un somnifère pour chasser ses angoisses : les assurances, Tania Maximova, le petit peuple de la clinique, la béquille, cette tourmente dans laquelle elle était depuis qu'elle était vieille : depuis qu'elle était tombée dans la rue.

— Rrentre maintenant, le soir descend je n'aime pas que tu sois dans les rrues si tarrd...

Je m'étais levée pour l'embrasser et partir, quand les cloches de Sainte-Thérèse ont sonné 18 heures, et la vieille cassée en deux a gueulé avec ferveur : « Minuit chrétien ! C'est l'heure solennelle où l'enfant Dieu descendit jusqu'à nous ! »

Accablée, je me suis rassise. Je ne pouvais pas

dire au revoir à Babouchka dans ce vacarme. On a attendu avec résignation, l'autre y croyait de plus en plus et est montée d'au moins trois octaves. « Pour effacer la tache originelle et de son père apaiser le courroux ! »

Babouchka s'est concentrée sur moi. Pour la première fois on se regardait les yeux dans les yeux en souriant, complices amusées de toute la dinguerie qui nous entourait. L'autre en était à : « Peuple à genouuux ! Attends ta délivraaance ! » quand ma grand-mère a posé sa main sur la mienne. « Noëëël ! » hurlait la vieille. Babouchka a pris ma main dans la sienne. « Voici le rédempteur ! Noëëël ! », elle l'a serrée très fort, et puis elle l'a portée à ses lèvres.

Ça. C'était plus qu'un merveilleux Noël.

C'était une révolution.

J'allais souvent voir Lulu, il faisait son numéro de spaghettis sur le cours Saleya, quand il avait fini on partait discuter sur la plage pour évoquer nos projets, les anciens, les nouveaux, ceux dont on n'avait déjà plus trop envie, et ceux qui surgissaient en même temps que les confidences.

Quand je suis arrivée ce jour-là, le numéro était presque terminé, il y avait pas mal de monde autour d'Adriano et lui, j'avais toujours un peu de mal à reconnaître mon ami avec son visage grimé, sa voix haute, sa démarche maladroite. Adriano faisait le client du restaurant, Lulu le serveur, cuisinier.

— Mais qu'est-ce que c'est ces spaghettis ? demandait le client mécontent en regardant son assiette. Lulu y plongeait le visage et disait :

— Couâ, ces spaghettis ?

— Elle est où la sauce tomate ?

Lulu trépignait sur place, paniqué, pressé, il criait :

— La sauce tomate ! La sauce tomate ! Ah ! La voilà !

Et vainqueur il lançait : « Sauce tomaaate !!!! » en écrasant le fruit sur le visage d'Adriano. Alors les rires des tout-petits se mélangeaient à ceux des parents, ils mettaient une main devant la bouche devant les bêtises du clown, en levant les yeux vers les adultes, pour vérifier si eux aussi se marraient et si cette joie-là pouvait être partagée sans honte. Quand Lulu secouait la nappe pour la ranger, c'était la fin du numéro, un nuage de poussière s'échappait du tissu, les rires reprenaient et les gens cherchaient la monnaie au fond de leur poche. La nappe était pleine de talc, Lulu pleurait en grimaçant et Adriano passait le chapeau. Puis la foule se dispersait, et les clowns rangeaient le matériel dans la valise, ôtaient le déguisement passé par-dessus les habits, essuyaient leur visage, partageaient la recette. On descendait voir la mer.

En septembre la plage est en harmonie avec la mer, il n'y a plus la brûlure des galets et l'eau glacée en contraste, la foule sur la plage et les voix en écho, et Nice nous est rendue. Il y a de l'orgueil à vivre dans une ville connue par nous seuls, une ville qui a fait semblant de se donner pendant deux mois mais n'a montré que ce pour quoi les touristes l'ont payée : la mer et la plage sous le soleil. Les palaces. Les accents. Pas plus. Après, c'est à nous. Et c'est inexplicable. Ce mélange de pastels et d'automne, la pudeur des matins blancs, et ces soirs qui s'installent de plus en plus tôt, sans rigueur, juste avec une pointe d'adieu. Parfois j'ai l'impression qu'on obéit tous au ciel, on vit sous sa loi, et ça me plaît. J'ai envie de lui dire : « Vas-y, dis-moi quand la nuit est froide et le soleil hostile, dis-moi quand ça menace, quand ça va tomber, ou quand ça va être doux encore, moi, je m'adapte. A tout. »

— J'aurais jamais pensé Lulu, y a seulement… quatre mois de ça, j'aurais jamais pensé me débrouiller toute seule. Trouver de l'argent, m'occuper de ma grand-mère à fond… Je me suis adaptée, t'as pas idée.

Lulu parlait pas beaucoup. Il écoutait. Après, c'était comme s'il avait vécu ce que je lui racontais. Sûr qu'il aurait pu me décrire la rue Rossini, la clinique et le caractère de Babouchka comme des choses familières.

— Est-ce que c'est si grave que ça, que mon grand-père ait travaillé à La Mondiale, alors qu'il était russe ? Est-ce qu'ils étaient tous obligés d'être chauffeurs de taxi, hein ? Pourquoi ressortir ça maintenant ?

— La vieille Tania a l'impression que ta grand-mère a un genou à terre. Elle est dans une clinique, c'est le moment de lui balancer sa rancune.

— Qu'est-ce que ça veut dire « il avait des amis ? » et cette « Union pour le Retour dans la Patrie », c'est quoi ce merdier ?

J'aimais bien être un peu grossière maintenant que j'avais grandi, que je traînais dans Nice et que je croulais sous les responsabilités. Les mots grossiers disaient bien ma pensée.

— Ce merdier s'appelle « l'espionnite », et toi tu es tombée dans le panneau. Si tu penses que ton grand-père travaillait dans les assurances parce qu'il était protégé par des salauds qu'il renseignait, tu délires carrément. Ton grand-père c'était un poète. Un homme… comment dire… Putain, Sonia, il aimait la Russie ! Comme on aime sa mère. Il pensait qu'il avait trahi sa mère ! C'est douloureux mais plus simple que de penser qu'elle nous a foutus dehors.

Ça, je comprenais. Maman, depuis le quartier de l'Opéra, préparait ma venue dans le plus grand secret : pas un mot ni un coup de fil, aucun signe de vie. Rien.

— Le mystère Anastasia, c'est ça la vraie rancune. C'est ça qui agace ses vieilles copines. Ma grand-mère sait des choses qu'elle ne dit pas, les autres en crèvent de ne pas lui arracher la vérité.

Lulu a sorti une cigarette qu'il a fumée en plissant les yeux, j'ai plissé les yeux aussi pour voir la même chose que lui : la mer était faite de milliers d'éclats qui se superposaient et tremblaient entre mes cils. Les petites vagues respiraient toujours dans le même rythme, j'avais l'impression d'être à la surface de l'eau et de bouger avec elles. Les galets tremblaient quand l'eau se retirait, il fallait être attentif pour en percevoir le souffle.

— Tu veux vraiment être écrivain, Sonia ?

— Oui.

— Comment s'appelle le directeur d'*Historia* ?

— Quoi ?

— Le directeur d'*Historia*, il s'appelle comment ?

J'ai ouvert grand les yeux, la mer s'est remise en place.

— Ben… Il s'appelle Melchior-Bonnet…

Lulu a écrasé son mégot, il a souri :

— Elle ne parlera qu'à lui.

— Et moi ? Pourquoi elle me parlerait pas, à moi ?

— Elle ne l'a pas fait.

Non. Elle ne l'avait pas fait. Moi, j'avais eu droit à quelques lettres lyriques à moitié codées, à la tomate noire de Crimée et à un baiser sur la main.

C'est tout. J'ai ôté mes chaussures pour marcher le long de la mer, tout au bord de l'écume, sentir le ressac, voir Nice de loin, et Lulu aussi. Il m'a laissée marcher longtemps comme ça, avec ma peine et ma vexation. Quand j'ai eu trop froid aux pieds et que j'ai compris qu'il ne me rejoindrait pas, même si j'avais envie de lui taper dessus, je suis revenue m'asseoir à côté de lui.

— Il faut qu'elle voie ce directeur.

— Magnifique, Lulu ! Tu le fais sortir de ton chapeau ? Ah non ! Tu débarques à la clinique en marchant comme un directeur de magazine et là, elle te livre ses secrets et ses terribles vérités historiques ! Allez, tais-toi. Imite autre chose, le vent, la pluie, tout ce que tu veux, mais tais-toi.

— T'as rien compris.

— Ah non ? Alors c'est quoi ton idée ?

— Au mime. T'as rien compris au mime. J'imite pas l'eau. Je SUIS l'eau. Ou le vent. L'arbre. La fleur.

— Super, régale-toi bien.

— Je suis dans le rythme, dans le mouvement des éléments.

— Et moi je suis dans le merdier ! Tu peux le faire ça ?

Il s'est levé. Il a marché comme une personne très grande, un peu vieille, fatiguée, avec une béquille imaginaire. Il prenait un point d'appui dans le vide pour que je comprenne sa main accrochée à la poignée, il haussait les épaules, puis il lançait la béquille d'abord, la jambe après. Il tirait son corps, il l'entraînait avec peine. Et puis il a eu un mouvement vers le haut, tout son corps suspendu, tiré vers le ciel et il a dit :

— Là : il y a une demi-seconde d'arrêt. Et dans cette demi-seconde d'arrêt, quand elle a compris qu'elle allait tomber, ta grand-mère a pensé aux choses les plus importantes de sa vie.

Il a eu un mouvement vers le bas, et il est tombé sur les galets, lentement, avec chaque muscle, chaque parcelle de son corps. Puis il a fermé les yeux.

Comme je faisais quand même encore un peu la gueule, bien qu'il m'ait vraiment impressionnée avec son mime, je l'ai laissé dans sa chute… comme j'avais laissé ma grand-mère. Il est revenu en donnant des petites tapes sur son pantalon taché.

— Dans cette demi-seconde avant la chute, elle a pensé à cette vérité qu'elle doit dire avant de mourir.

— Bien, monsieur le gourou, et après ?

— Il faut qu'elle aille à Paris.

— De mieux en mieux. Braquons immédiatement une ambulance et filons à la capitale. L'air est doux, le ciel est bas, la route sera bonne.

— Ecris la lettre à la place du directeur d'*Historia*, dis à Macha Sergueievna que tu l'attends au journal, que tu as besoin de ses sources.

— Je t'aime beaucoup, mais tu vis dans un pays imaginaire…

— Tant pis.

— Oui. Tant pis.

Et on est restés comme ça un moment, un peu déçus l'un par l'autre et tristes aussi. Le soir tombait, j'avais froid, et le cafard de rentrer seule rue Rossini, dîner face à la télé, me coucher dans l'appartement vide sans avoir personne à qui dire « Bonne nuit », personne qui s'inquiéterait pour moi, me chercherait avec angoisse et hurlerait mon prénom. Parfois, l'enfance me manquait. Ce qui m'avait pesé me manquait.

— C'est très dur d'apprendre à tomber…

— Oui, sûrement. Tu le fais bien.

— Rater une marche, prendre une porte, s'asseoir à côté d'une chaise, vouloir s'appuyer sur un poteau et le louper… C'est dur… C'est vrai que tu as imité l'œillet ?

— Pas qu'un peu ! L'œillet rouge et aussi le blanc, j'ai menti, très différent du jaune, et aussi le parme, le violet, des choses que t'apprendras jamais chez ton Marcel Marceau.

— On caille, a dit Lulu en se levant.

Et je me suis levée aussi. J'en voulais à la mer,

sûr qu'elle rajoutait à mon cafard, elle a toujours une façon incroyable d'accompagner mes humeurs, aussi mimétique que Lulu cette Méditerranée, un vrai caméléon.

— Ma mère cuisine mieux les spaghettis que moi, tu viens dîner ?

— Où ?

— Chez moi.

— Chez toi ? Avec ta mère, tes sœurs, tout ça ?

— Tout ça.

J'ai eu une demi-seconde de réflexion, comme avant une chute, et dans cette demi-seconde j'ai vu que j'allais passer une soirée en famille... Lulu a compris que mon hochement de tête et mon regard détourné étaient un énorme « oui » muet.

On a marché longtemps jusque chez lui, on est passés par le quartier du Piol, le quartier russe : émigration, cathédrale, palais et pensions, je sentais Nice pleine de mon histoire, et la connaissant mieux que moi. Nice avec mon grand-père déchiré, sa femme déracinée et leur fille posée au milieu, comme dans un no man's land.

– Quand même ! On en a donné des choses à cette ville, nous !

— Qui ça : nous ?

— Mais nous : les Russes !

J'avais la rage tout d'un coup. Une sacrée colère

contre toutes ces années d'injustices, ces vexations, ces efforts pour s'intégrer en gommant les différences, les accents, et en remerciant chaque Français comme un moujik son maître.

— C'est facile pour toi Lulu, d'aller de Nice à Villefranche, tu prends ta voiture et hop ! Tu y vas !

— J'ai pas de voiture...

— C'est l'impératrice Alexandra Fedorovna qui a payé pour cette route, parfaitement ! Tu l'as remerciée ? Non. Jamais ! Et ton lycée, les villas, les palais, les jardins, qui les a faits, hein ? Qui ? C'est nous ! Et même les bains de mer, bien avant les Amerloques crois-moi, les « bains Georges » étaient les premiers bains publics de Nice, et ça aussi c'est nous !

— Comment on dit « merci » en russe ?

— Spassiba.

— Ok.

— Dis-le.

— Non. Je préfère le mimer.

Et il a fait une petite révérence.

— Je suis toujours en colère quand je parle de nous, pourquoi ?

Il a répondu par une grimace qui signifiait qu'il n'en savait rien.

— Mais au fait, depuis quand tu es russe ?

— Moi ? Mais t'es malade ? Depuis toujours !

— Je crois que tu es en colère justement parce

que tu ne l'es pas. Tu n'es pas comme ta mère et tes grands-parents. Tu es française.

On était dans le hall de son immeuble, un peu sombre et humide, avec le bruit de la voie rapide en arrière-plan, et les moteurs des mobylettes lancées péniblement vers le haut de la colline.

— Quand je pense que ton grand-père a pris le travail des gentils Français dans NOS propres compagnies d'assurances, je suis écœuré ! Vraiment écœuré…

— Salaud ! Attaque pas mes ancêtres ! Espèce de salaud !

Et on s'est poursuivis comme ça dans les escaliers, ça me faisait du bien de lui taper dessus, lui hurlait « Tu es une Française ! Rien qu'une pauvre petite Française ! », et quand sa mère a ouvert la porte, au 5ᵉ étage, j'étais aussi essoufflée que si j'étais venue de Villefranche par la montagne.

J'ai dîné avec ses deux sœurs et sa mère ce soir-là, dans la cuisine. De temps en temps des voisins sonnaient, des copains passaient, comme ça pour rien, un renseignement, un conseil, ils papotaient deux secondes sur le palier et repartaient. La mère râlait un peu, pour la forme : « On est à table ! » elle disait quand les conversations s'éternisaient, mais je sentais que ça faisait partie des habitudes, une vie à l'inverse de la mienne, un soir opposé aux miens.

Je n'imaginais pas les repas en famille comme ça. J'imaginais des discussions animées comme des grands débats, et de temps en temps des signes de complicité qui ne trompent pas : les sœurs se prennent par le cou, on dit « je t'aime maman » en passant les plats, et on planifie les prochaines vacances tous ensemble, parce qu'on ne se sépare jamais c'est trop dur. Mais pas du tout. Tout était mélangé dans un désordre un peu brusque. A peine le temps de demander la bouche pleine : « Ça a marché Lulu, les chpaghettis ? » que ça enchaînait avec : « Tu crois que j'lai pas vu que tu m'as piqué mon rimmel, Sandrine ? Tu savais maman qu'elle se maquillait Sandrine ? Passe-moi l'eau. » Ils se faisaient des reproches tout en venant aux nouvelles, ils lançaient des accusations tranquillement, rien ne dégénérait, y avait pas de drame à l'horizon. J'ai mis un peu de temps à comprendre qu'ils étaient habitués les uns aux autres, voilà, ils se retrouvaient tous les jours, ils avaient des rendez-vous quotidiens dans cette cuisine au 5e étage, et pour eux la vie était faite de reproches et d'attentions, de curiosité et de petits règlements de comptes sans importance.

Leur père était chauffeur routier et pas souvent là. En fait il leur dédiait ses absences, il leur faisait le cadeau de se tirer, mais c'était pour les faire vivre, pour qu'ils mangent les farcis dans la cuisine en en ayant de trop, et alors ils pouvaient se permettre d'inviter des gens sans prévenir. Ça n'avait surpris personne que je vienne dîner, j'avais juste entendu : « On est combien c'soir ? » et le bruit des assiettes posées sur la table en formica. « Ramène une chaise du salon, on est cinq ! » et à table je n'avais pas eu droit aux questions protocolaires auxquelles m'avaient habituée les copines de ma grand-mère, du style : « Tu as quel âge ? Tu es en quelle classe ? Tu mesures combien ? », toutes ces façons de faire connaissance avec des chiffres et des points de comparaison. Juste : « Vous aimez les farcis… comment s'appelle ton amie, Lulu ?

— Sonia.

— Vous aimez les farcis, Sonia ? Ah, madame Sanchez a enfin retrouvé son chat, il était près de la boulangerie, je vous mets aussi des courgettes, hein Sonia ? Cécile ! Pas de Coca à table. Prenez un peu de riz aussi. Vous êtes au lycée du Parc Impérial ? Non ? Lulu, lui il veut faire l'artiste. Ah là là…

— Au fait, tu la reçois quand ?

— Quoi ?

— Ben, la réponse pour la bourse !

— Pose pas le pain à l'envers.

— Mais tu la reçois quand ? Hein maman, il la reçoit quand la réponse pour la bourse, Lulu ?

— Bientôt, bientôt, l'embête pas avec ça. Ça vous plaît Sonia ? J'ai pas mis beaucoup d'ail, Sandrine elle aime pas l'ail. Va ouvrir, on a sonné. On est à table quand même !

Quand il m'a raccompagnée, Lulu était triste comme je ne l'avais jamais vu. Il n'attendait pas seulement qu'Adriano ait mis de côté l'argent nécessaire pour vivre à Paris, il attendait surtout d'avoir une bourse pour payer l'école Marceau. Les gens y venaient des quatre coins du monde, l'Australie, le Japon, le Mexique, l'Allemagne, et même l'Amérique. Les auditions ne suffisaient pas, il fallait l'argent aussi. Toujours l'argent. J'aurais aimé aller braquer mon père, jouer au Casino, retrouver des trésors enfouis du temps où Babouchka était riche… Je ne voulais pas que mon ami fasse le numéro de la « Sauce tomaaate ! » toute sa vie sur le cours Saleya, je voulais que Marceau soit épaté par sa façon de tomber, d'être le vent et la pluie, de faire des claquettes et de marcher sur les mains. Je ne voulais pas qu'il passe sa vie à se démaquiller en vitesse sous un porche en comptant l'argent dans son chapeau, avec Adriano qui prenait les pièces étrangères, soi-disant pour sa collection, en vérité parce qu'elles étaient les plus nombreuses et qu'il avait un filon pour les échanger. Je voulais qu'il monte sur une vraie scène de théâtre, qu'il entre dans la lumière et que des gens qui ont fait la queue pour acheter des billets, l'applaudissent et le rappellent.

L'argent. Toujours l'argent. J'avais fait signer une dérogation à ma grand-mère pour pouvoir déposer moi-même le chèque de mon père à la banque, et retirer du liquide. J'avais dû m'y prendre à plusieurs fois, il avait fallu aussi des mots des médecins, encore des lettres de Babouchka et des papiers d'identité à la pelle. S'il y en a qui arrivent à escroquer les vieux, ils doivent à mon avis passer par d'autres réseaux. Moins honnêtes et plus efficaces.

Quand je suis entrée ce soir-là dans l'appartement de la rue Rossini, j'avais le sentiment que quelque chose m'y attendait. Que j'avais passé ma vie sur le seuil sans avoir la curiosité de pousser les portes et de regarder à l'intérieur. Il y avait des secrets que je n'avais pas voulu voir, on m'avait tendu des perches que je n'avais pas prises. Je revoyais Babouchka dans sa chambre d'hôpital, son long doigt fripé frappant sa poitrine et elle murmurant : « Le mystère Anastasia... Moi... Je sais. » Je la revoyais me lisant ses lettres et moi écoutant à peine, ne retenant que la première phrase, effrayée, au bord des larmes. Elle ne m'avait pas parlé. Elle ne parlerait peut-être qu'au directeur d'*Historia*. Mais elle m'avait mise dans la confidence si souvent, et je n'avais jamais posé de questions, jamais été complice de ça. Je la regardais jouer aux cartes et je parlais de tout, sauf d'Anastasia. Elle ne répondait pas. Elle attendait que je comprenne. Je ne comprenais pas. Je la croyais indifférente à ma présence, occupée à ses seules réussites. Elle espérait que je la questionne et la libère de cette vérité qu'elle est seule à connaître.

Quand je suis entrée dans l'appartement, j'ai ouvert les tiroirs : ceux des bureaux, des tables à jeux et même ceux de la cuisine. J'ai ouvert la valise en haut de l'armoire. J'ai ouvert l'armoire. J'ai ouvert les placards. J'ai soulevé les matelas. Les tapis. Les coussins. Il n'y avait rien. Juste la sensation de mettre mon nez dans les affaires des autres. J'ai trouvé des vieilles lettres en russe, des cartons d'invitations : Société Russe de bienfaisance, Croix-Rouge, des publicités : carnaval de Nice, Le Calypso, restaurant de bord de mer, des vieux jetons de téléphone, et aussi de Loto, un mouchoir brodé, des boutons, des carnets avec des colonnes de chiffres, des médailles noircies au bout de chaînettes cassées. Des robes. Elégantes. Longues et démodées. Ça n'était rien, et ce rien était terrible : si demain ma grand-mère mourrait, est-ce que vraiment il ne resterait que ça pour parler d'elle et la rappeler ? Elle qui me faisait penser à un volcan surgi de la mer, à une planète surchauffée, à une mémoire aussi vaste que la Russie, elle ne laisserait que des bouts de papier et des photos sans légende ? Elle n'avait pas seulement quitté son pays avec des habits chauds et des bijoux à vendre, elle avait aussi effacé en France, année après année, tout ce qui selon elle, aurait pu la trahir et la désigner. Moins je trouvais ce que je cherchais, sans savoir exactement ce que je cherchais, plus je sentais que j'avais raison : il fallait faire vite et que la vérité, SA vérité, soit dite. Je me demandais si elle dormait en cet instant dans cette chambre de misère commune, si elle parlait parfois avec les vieilles qui l'entouraient, si elle se confiait un peu à Coucou en lui demandant des somnifères avec l'air suppliant d'une petite fille qui réclame une dernière sucrerie. Je ne voulais plus qu'elle supplie. Qu'elle soit tourmentée et boiteuse. Je la voulais épatant les historiens, qu'ils recueillent son témoignage sans l'interrompre, le magnéto ouvert et le cerveau chamboulé. Je voulais qu'on l'écoute en silence, sans bouger, juste de temps en temps un hochement de tête admiratif.

Quand les voisins ont tapé contre les radiateurs en fonte parce qu'ils en avaient assez de mon barouf, j'étais perchée sur l'armoire de ma grand-mère, à essayer d'y replacer la vieille valise. J'étais presque contente que quelqu'un me demande d'arrêter mes recherches, j'étais épuisée. Je me suis laissée tomber sur le lit de Babouchka, j'ai fermé les yeux et j'ai fait ce rêve.

Ma chemise de nuit est longue. Mes cheveux sont longs aussi. Je suis un peu plus vieille, quelques années de plus. C'est la nuit et je dors sur ce lit dans cette grande maison gelée tout au bout de l'Oural, en Sibérie. J'ai des sœurs, un petit frère, un chien. Des parents qui dorment dans la chambre d'à côté. Des serviteurs. Je dors sans dormir. Je dors en les surveillant, en les veillant tous, et je prie. Je prie la Vierge et son fils, je récite des Notre-Père mais les paroles sont changées, comme une vieille chanson que j'ai du mal à me rappeler vraiment. Le vent essaye de passer sous la fenêtre, je me demande comment arrêter ce vent, je sais qu'il vient de la forêt et qu'il est mauvais, et aussi que je suis seule à l'entendre. J'entends mes sœurs dormir aussi, et je sais que cette nuit ça va recommencer, elles n'auront pas le temps de finir leur rêve. Alors je me dépêche de prier encore, je demande à la Vierge d'arrêter le vent qui vient de la forêt et le vent se mélange aux coups frappés à la porte de la chambre, et aux ordres. Je reconnais la voix. C'est une grosse voix d'homme, vulgaire, alcoolique, très basse, qui nous demande de nous lever, très vite. Tout le monde obéit. Je me dis : « Ça y est. Ça arrive. » Mes sœurs sourient en s'habillant, elles mettent de longues jupes noires, des corsages blancs, elles se coiffent. Je prends mon petit chien dans mes bras. Mes sœurs prennent des objets sur la table, des icônes, des livres, des carnets, et elles les tiennent contre elles. J'ai froid. Je descends avec ma famille et les serviteurs, à la cave. On n'y voit rien, on tient des lampes, on se cogne les uns aux autres, on n'en finit plus de descendre à la cave, ça sent le vin et l'humide, je vois mon petit frère dans les bras de mon père, il me fait « coucou » avec la main, il n'a pas peur, mais moi je vois bien qu'on tombe et qu'on descend, la maison n'a que deux étages, mais on descend indéfiniment dans cette obscurité. Et puis enfin, on arrive à la cave. Le mur est défoncé, la tapisserie est arrachée. Par terre il y a du sang, des flaques de sang qui ne se mélangent pas, et des balles, plein, partout, et personne ne les voit, que moi. J'essaye de prévenir ma famille, mais je n'arrive pas à parler, je voudrais faire des signes, montrer les trous dans le mur et le sang par terre, mais personne ne me regarde. Ma mère demande des chaises, et on lui apporte des chaises. Comme dans *Boucle d'or et les trois ours* : une grande pour mon père, une moyenne pour elle et une toute petite pour mon frère. Je tiens mon chien contre moi. Mon père s'assoit sur la grande chaise, elle est trop grande, elle prend toute la place et touche presque le plafond. Ma mère s'assied sur la moyenne, elle dit : « Je me tiens bien droite ! » Mon frère s'assied aussi, une toute petite chaise à ras du sol, et je lui crie : « Ne t'assieds pas ! Tu t'es assis hier et ils t'ont tué ! » mais il me tire la langue, une langue toute bleue, et maintenant qu'ils sont assis j'ai très peur et je voudrais sortir, mais il y a le commandant. Il est rouge, habillé tout en rouge, il est debout au fond de la cave, face à nous, il nous demande de nous mettre en rang, et commence à lire sa lettre. Tous l'écoutent tranquillement, ils se tiennent en rang et ils écoutent. Je sais qu'on va mourir. Quand le commandant lit sa lettre, ça veut dire qu'on va mourir. J'arrache l'oreiller des mains de la domestique, je le déchire avec mes dents, les diamants, les perles s'échappent, des rivières, des colliers longs comme des serpents géants, je tire longtemps sur les colliers et je me dis : « Dépêche-toi, tu dois faire rebondir les balles des bourreaux, c'est Babouchka qui l'a dit ! », je mets les bijoux dans mon corsage, et le commandant continue à lire sa lettre, il dit d'une voix polie : « On va tous vous liquider », et tout le monde l'écoute sans broncher. Je tire les cheveux de mes sœurs pour leur donner des diamants énormes, mais elles me disent que je suis désobéissante, toutes les nuits je désobéis et elles ne veulent plus me parler, elles se retournent pour écouter le commandant. Je voudrais faire comme elles mais je me répète que je dois obéir à Babouchka et faire rebondir les balles des bourreaux. Et la porte s'ouvre. Des soldats entrent avec des grandes bottes et des grands manteaux, ils mettent de la boue partout, il y a plein de boue et plein de soldats. Comme une armée. Ils prennent toute la place dans la cave, on est serrés, on se cogne, on se bouscule, et toujours il arrive de nouveaux gardes, encore et encore. Quand ils entrent on entend des camions dehors, ils font un bruit de camion. Ils disent des gros mots. Ils touchent les seins de mes sœurs. J'ai honte de faire ce cauchemar, et je vois la poitrine de ma sœur préférée, et elle est très jolie, toute blanche. Ils envoient mes sœurs contre le mur et quand ils rient ils n'ont pas de dents, leurs bouches sont des trous noirs puants. Moi, je me couvre de bijoux, je m'enroule dans les bijoux, j'en ai partout sur moi, comme un arbre plein de lumière. Mon père se lève de sa chaise géante, il est très en colère, il ouvre la bouche pour me gronder, mais un garde lui tire dans la tête. Mon père dit : « Quoi ? » et il tombe. Pareil pour les autres. Mes sœurs, mon petit frère, ma mère, le docteur, les domestiques, les gardes leur tirent dans la tête, on ne se voit presque plus dans la poudre des revolvers, et mon père mort me supplie : « Ton petit frère est malade, je ne veux pas qu'il aille dans la forêt. » Alors mon frère crie « Je suis trop malade ! » et on lui tire encore plusieurs fois dans la tête. Plusieurs fois on tire, plusieurs fois dans les têtes mais elles ne sont pas abîmées. Mes sœurs me regardent sans bouger, elles sont par terre, chacune dans sa flaque de sang et leurs yeux bleus sont ouverts. Des branches sortent de la tapisserie rayée, elles se mélangent aux baïonnettes, elles font des trous dans le mur, elles se glissent dans la pièce et les attrapent tous, je ne les reconnais plus et je hurle parce que je sais que maintenant on va les emmener dans la forêt. Le camion est derrière la porte, il est rentré dans la maison je ne sais pas comment, et les gardes jettent ma famille dedans, mon petit frère me fait encore « coucou » avec la main, comme dans les escaliers, je veux y aller moi aussi, je ne veux pas les laisser et rester seule, mais les gardes me disent : « Non. Pas toi. Tu avais qu'à pas mettre les bijoux. » Et le camion démarre, il part dans la nuit, je vois les phares rouges derrière, il s'éloigne et je ne veux pas rester toute seule dans cette cave en Sibérie, alors je cours, il n'y a personne dans les rues noires, que ce camion et je cours, les rues sont grandes comme des boulevards, mais pleines de terre, je cours, il n'y a pas de maison, que des rues immenses et de la boue, je cours et je ne vois rien, que les lumières rouges du camion, je le rattrape, et il y a toute ma famille dedans, je m'accroche au camion, il fait très froid et on arrive dans la forêt. Il y a des arbres noirs très hauts, on entend les loups, et le vent. Je suis soulagée d'être avec ma famille, mais dans la lumière des phares, je vois les gardes découper les habits de mes sœurs et je me dis « ça recommence. Ça va me faire peur ». Ils donnent des coups de crosse dans le visage de ma mère, j'ouvre la bouche mais je n'arrive pas à crier, ils arrachent les bras et les jambes de ma sœur préférée, je me demande où sont ses cheveux, j'ai peur qu'ils abîment son chignon, et quand ils découpent mon petit frère je commence à pleurer, je sais qu'ils vont le jeter dans le feu, mon père va m'en vouloir, et je crie, je crie et ça prend toute la forêt, je crie parce que je ne sais plus où est mon petit chien, j'ai perdu mon petit chien. Je vais voir les gardes et je leur demande où est mon petit king-charles, ils me disent « Toi on te parle pas », et ils jettent de l'essence sur les morceaux de ma famille, je veux aller chercher Jimmy, mais je ne veux pas laisser ma sœur préférée brûler toute seule, je regarde dans le puits mais je ne vois pas mon chien Jimmy, je vois les corsets de mes sœurs dans le puits, et des rubans, et des cheveux, et je me dis « Il faut que le cauchemar se termine », et je m'assieds sur un tronc d'arbre, dans la nuit. Je vois les flammes, presque aussi hautes que les arbres, ma famille brûle longtemps, moi je suis plus calme, je me dis que je vais partir à Nice, au 37 rue Rossini. J'ai froid, je vais aller à Nice. Je vais aller chez ma grand-mère, au 37 rue Rossini. Je vais aller chez Babouchka.

Le lendemain, je ne suis pas allée au collège. Ni à la clinique. Ni sur le cours Saleya où Lulu écrase sa tomate sur Adriano. Le lendemain je suis allée rue Gioffredo, où monsieur Tara donne ses cours de diction. C'était au fond d'une cour, le rez-de-chaussée d'un immeuble ancien. La porte était vitrée, et comme je suis arrivée un peu avant la fin du cours, je pouvais le voir, et ses élèves aussi. Ils avaient tous un crayon entre les dents, comme des Bolcheviques qui auraient décidé d'être dessinateurs plutôt que sanguinaires. Ça aurait pu faire partie d'un des multiples regrets de Babouchka, qui regrette souvent que Staline ait quitté le séminaire, que Lénine ait lâché ses études de droit, et qu'Hitler n'ait pas été un bon peintre. Mais eux, ne dessinaient pas. Ils parlaient avec le crayon dans la bouche, monsieur Tara passait au milieu, sa chienne dans les bras, en scandant : « C'est combien ces six saucissons-ci c'est six sous ces six saucissons-ci c'est combien ces six saucissons-ci… » Des années qu'il faisait ça, mon vieux, fallait vraiment avoir peur de la retraite et ne pas aimer se baigner ! Il semblait y croire plus que ses élèves qui n'hésitaient pas à retirer le crayon pour papoter entre eux, et même se déplacer sans qu'il ne leur dise rien. Petit à petit, des adolescents sont arrivés dans la cour, seuls ou par petits groupes de deux ou trois, cigarettes au bec, foulards autour du cou, livres tenus serrés contre la poitrine, et les filles avaient toutes des cheveux longs dans lesquels elles passaient la main avec de grands gestes pleins de bracelets. Ils essayaient de ressembler à des artistes, je le voyais bien. Ils essayaient de montrer quelque chose qu'ils n'arrivaient pas à être. Ils parlaient en clignant exagérément des yeux, pour que leur étonnement n'échappe à personne, et riaient en balançant des gros mots d'un air fatigué, oui ils étaient fatigués, comme si de savoir tant de choses les épuisaient. Certains répétaient leurs textes, les filles prenaient l'air pimbêche, les garçons perdus et malheureux, ils parlaient, parlaient sans s'arrêter, je pensais à Lulu mimant la chute de ma grand-mère, rêvant peut-être que Marceau passe à ce moment-là sur la plage et lui file une inscription gratuite. Je pensais à mon cauchemar, plus vrai que nature, et faux pourtant. Je pensais à cette vérité enfermée dans le cœur de Babouchka, je sentais la vieillesse qui la rongeait plus sûrement qu'une blessure, et tout me semblait dérisoire en comparaison de l'urgence qu'il y avait à la faire parler. Un garçon, petit, maigre, à la barbichette noire bizarrement plaquée sur des boutons rouges malmenés, s'est approché de moi :

— Tu pourrais me donner la réplique dans *Le Misanthrope*, Martine est pas là elle auditionne pour *La Putain respectueuse* ?

— Ah non c'est pas possible, moi je joue que les auteurs russes.

— Ah bon ? C'est éthique ou esthétique ?

— C'est bidon. Je fais pas partie du cours, j'attends monsieur Tara.

— Ce vieux schnock ? Qu'est-ce que tu peux bien lui vouloir ?

J'ai souri avec dédain, il a filé rejoindre deux filles qui se balançaient des répliques percutantes pas piquées des vers, apparemment elles jouaient deux salopes et n'y comprenaient rien. Je savais moi, que la saloperie ne prend pas de grands airs, elle est ordinaire et plus banale qu'on ne le croit. Et je n'aimais pas la façon dont les gens ici traitaient monsieur Tara. J'étais un peu vexée aussi, d'avoir eu peur si longtemps d'un homme qui était la risée de ses élèves, un professeur chahuté, auquel les surnoms ne devaient pas manquer. Mais je me fichais de tout ça. J'avais besoin de lui.

Il a été étonné de me voir quand il est sorti,

bousculé par des élèves criards qui ne lui demandaient même pas pardon en lui marchant sur les pieds. J'ai regardé Mimine serrée contre lui et j'ai frissonné.

— Eh bien jeune fille, on s'intéresse à l'art dramatique ?

— Pas du tout… Enfin… Pas spécialement… Pas aujourd'hui.

— Mémé va bien ? Elle ne devrait pas tarder à sortir, hum… ?

— Justement… C'est de ça que je voudrais vous parler…

— Elle va bien ?

— Elle est… comment dire… je la trouve… en colère.

— Ah parfait, parfait, la colère est le meilleur moyen de lutter.

Je n'étais pas d'humeur à entendre ses discours pseudo-philosophiques et ses petites phrases échappées du *Reader's Digest*. J'avais besoin de lui, mais je me sentais méchante, je n'avais plus de temps à perdre et aucune place pour les préambules.

— C'est très urgent, faut que je vous parle.

— Je vous écoute.

— Ben non… Pas là…

— J'ai un rendez-vous. Je suis pressé…Va ma Mimine, va…

Et il a lâché la petite qui est allée saluer une

mobylette à sa façon, bien fait pour « l'artiste » épuisé à qui elle appartenait. J'ai compris que mon temps de parole n'excéderait pas le temps de pisse de sa chienne, et ça m'a rendue nerveuse.

— Ma grand-mère va pas bien, j'ai menti, mais alors pas bien du tout, du tout ! Elle déprime quoi, dans cette clinique, elle se lève plus, elle mange plus, elle maigrit…

— Faut la sortir de là, non Mimine ! Ah ! toujours ce maudit parterre de fleurs.

— Oui. Faut la sortir, seulement… Seulement…

— Oui ?

Je m'embrouillais un peu, j'avais imaginé une discussion plus solennelle, sur une estrade, genre « confidences dans un théâtre vide », quelque chose qui m'aurait aidée à me concentrer et à préciser ma pensée.

— Viens que je t'essuie les papattes. Ah, bonjour mademoiselle Picard, enchanté.

J'ai attendu que la vieille prof de théâtre surchargée de colliers et d'écharpes soit passée, pour reprendre mes mensonges :

— Une chose, une seule, pourrait faire que ma grand-mère… comment dire… ressuscite ! Voilà, c'est le mot : ressuscite !

— Bien… Très bien. Quelle est cette chose, ce petit miracle, hum ?

— Une lettre.

— Oui… Mais encore ?

— Une lettre de vous.

— De moi ?

Il a failli lâcher Mimine qui venait juste de réintégrer ses bras après avoir déraciné trois plants de lavande.

— Une lettre de moi ? Mais qu'est-ce que c'est que cette histoire ?

— Mais non, c'est une façon de parler, ça serait pas vraiment une lettre de vous… Ecoutez, vous votre métier c'est professeur de diction, quand même…

— A quoi ça sert pour écrire une lettre ?

— Non, ce que je veux dire c'est que vous connaissez bien les mots, les tournures, les formules de politesse, tout ça…

— Oh, je n'y comprends rien et je suis pressé ! Venez-en au fait, jeune fille.

Il a réajusté son foulard bordeaux, et je me suis dit que s'il ne m'aidait pas, je l'étranglerais avec, tant pis pour Mimine. J'ai pris une grande inspiration, il commençait à me taper sur les nerfs.

— Ma grand-mère attend depuis des années que le directeur d'*Historia* lui réponde.

— Le directeur de quoi ?

— Le directeur d'*Historia*.

— Ah…

— La… la revue d'histoire, quoi…

— Bien sûr…. Bien sûr…

— Bref ! Si vous lui écrivez cette lettre, celle qu'elle attend depuis des années, en vous faisant passer pour lui, en écrivant à sa place, et bien elle retrouvera son dynamisme, elle se lèvera, elle marchera, elle…

— Ça suffit jeune fille, j'en ai assez entendu.

Et aussi sec il a tourné les talons, je n'en revenais pas. Il a filé en disant à son chien, d'un petit air outré qu'il voulait distingué :

— Non mais tout de même ! Non mais alors, tout de même !

Moi, je n'avais plus rien à perdre. Et il était loin le temps où les passants me faisaient peur, où j'avais honte de tout, et surtout de ne pas ressembler aux autres. J'ai pensé à ma grand-mère et à sa vérité trop lourde, j'ai pensé à toutes ses années de silence et de courage, et j'ai couru après le gros monsieur Tara. Je gueulais dans la rue :

— C'est facile hein, de tourner le dos à la détresse ! Vous savez ce que c'est ça, hein ? Vous savez ce que c'est ? « Non-assistance à personne en danger », parfaitement !

Il roulait des gros yeux en essayant de marcher plus vite, mais il n'y arrivait pas et il était ridicule avec ses petits pas de geisha. Les passants le regardaient avec un air scandalisé, je les sentais prêts à témoigner contre lui si quelqu'un venait à mourir sur le trottoir. Lui, ça l'a drôlement gêné, il s'est tourné vers moi, les narines pincées, les dents serrées, il parlait tout bas :

— Mais taisez-vous, il disait entre ses dents, taisez-vous, pas de scandale, je vous prie.

On aurait dit qu'il se prenait pour Louis XIV, le prince Rainier, Jacques Médecin, alors que personne ne le connaît à part son chien. J'ai enchaîné :

— Vous disiez que vous l'aviez toujours admirée, vous disiez ça, je me souviens !

— Mais c'est vrai. Je l'ai toujours admirée. Vous savez dans les combien ça va chercher, les faux en écriture ?

Il a cru que le coup avait porté, alors là, j'ai été plus émouvante que Sonia quand elle demande à Raskolnikov d'avouer son crime. J'ai hoché un peu la tête, l'air résolu, bouleversé, et j'avais même quelques larmes dans la voix :

— Tant pis… Elle mourra dans cette clinique… Excusez-moi… Je me suis trompée.

— Vous prononcez mal les *r*, jeune fille. On ne dit pas : « moura », on dit : « mourra », « mou-RRa » !

— « Mou-RRa ». A la russe, alors ?

— C'est ça. A la russe. Suivez-moi.

Et c'est comme ça que je me suis retrouvée assise face à monsieur Tara dans ce bar enfumé de la place aux Herbes, où il avait sa table réservée, Mimine son écuelle, et où le patron l'a accueilli avec de grands gestes et un : « Et alors, fils ? Tu es en retard aujourd'hui ? » Et j'ai compris que son rendez-vous c'était ça, son rendez-vous c'était s'asseoir chaque jour sur cette banquette toujours la même, une habitude de vieil homme célibataire. Il s'appelait « Raymond », c'est ainsi que les autres habitués l'ont salué, sans interrompre leur partie de trictrac. On lui a apporté un Cinzano sans qu'il ait eu besoin de le demander, et j'ai opté pour une bière blonde, un peu d'alcool c'était la première fois, j'ai pensé que ça m'aiderait à aller jusqu'au bout de mon monologue dramatique. J'ai attaqué sans préambule :

— Vous connaissez l'histoire des Romanov, monsieur Tara ? Vous avez entendu parler du massacre de Nicolas II et de toute sa famille en 1918 par les gardes rouges de Lénine ?

Tête baissée, il levait les yeux vers moi, comme on fait quand on regarde par-dessus ses lunettes, il était sur la défensive.

— Dans la nuit du 16 au 17 juillet de cette année-là, on réveille toute la famille impériale : le Tsar, sa femme, leurs quatre filles et le tsarévitch Alexis qui souffre d'hémophilie. Il y a avec eux leur docteur et trois domestiques. Ils sont retenus prisonniers en Sibérie, dans une grande maison qu'on appelle : « la maison Ipatieff », ou encore « la maison à destination spéciale ».

Et là j'ai marqué un léger temps d'arrêt pour qu'il ait le temps de frissonner, et supplier intérieurement pour avoir la suite.

— Cette nuit-là, le commissaire politique Yourovski les fait descendre au sous-sol. Vous avez vu sûrement, la photo de cette pièce... Non ? Cette petite pièce à la tapisserie rayée, au mur défoncé et ensanglanté... ? Bon... Yourovski leur dit de descendre parce qu'une insurrection est possible, on s'attend à des fusillades dans la rue et c'est dangereux de rester ici. Ça ne serait pas la première fois qu'on les transfère d'une prison à l'autre : ils obéissent sans se méfier. Le Tsar porte le petit Alexis dans ses bras, il a une jambe bandée, il est très affaibli et ne peut déjà plus marcher. Anastasia elle, porte le petit king-charles de sa sœur... Anastasia... vous la situez ? Vous avez entendu parler du mystère Anastasia ?

— Comme tout le monde...

J'ai compris qu'il n'en savait pas grand-chose. Chacun ses tragédies et ses énigmes, c'est difficile de tout mettre en commun.

— C'était la plus jeune des filles du Tsar, elle avait 16 ans. Ce soir-là, quand elle s'habille avant de descendre au sous-sol, elle met des diamants dans son corsage. Une fois qu'ils sont tous rassemblés dans ce sous-sol, Yourovski leur dit d'attendre l'arrivée des automobiles. Et très vite, on entend les moteurs des voitures... Onze gardes rouges pénètrent dans la pièce. Chacun d'eux a une victime désignée à l'avance, et chacun tire à bout portant dans la tête des 11 victimes. Le tsarévitch respire encore, on s'y prend à plusieurs fois. Une domestique est transpercée à coups de baïonnette. Tout cela ne prend que quelques minutes. On transfère les corps dans des camions, on les emmène dans la forêt, la forêt Koptiaki, à une vingtaine de kilomètres, près d'un puits de mine de fer abandonné, au lieu-dit « les Quatre Frères »... Sur le chemin, les gardes entendent Anastasia gémir, elle n'a pas succombé... les diamants cachés dans sa poitrine auraient fait rebondir les balles des bourreaux... On dit qu'ils l'achèvent alors à coups de baïonnette... On le dit...

— Mais, c'est mon Raymond !

Un long bonhomme grêlé, *Paris Turf* sous le bras et casquette à carreaux, est venu taper sur l'épaule de monsieur Tara, on a sursauté tous les deux, Lénine nous fichant une grande claque dans le dos ne nous aurait pas effrayés plus que lui. Monsieur Tara a murmuré, avec de tout petits gestes de la main :

— Roger Gimenez, Sonia Sergueievna…

— Dalla Chiesa, j'ai rectifié.

Raymond a eu une petite moue désabusée :

— Vous êtes italienne, maintenant ?

— Ben non.

— Ah pardon…

« Paris Turf » est parti déranger d'autres consommateurs, et j'ai continué :

— Nous sommes donc dans la forêt Kopiatki… On décharge les corps des camions, on les déshabille, on défonce leur visage à coups de crosse, on les arrose d'acide sulfurique, on les démembre, on les brûle dans un grand bûcher alimenté par de l'essence, on jette ce qui reste des corps dans le puits de mine, plus tard les camions passent plusieurs fois sur les cendres du bûcher pour effacer toute trace du massacre…

Là, j'ai fini ma bière d'un grand trait, monsieur Tara me fixait de ses yeux ronds, il ne voyait pas ce que j'attendais de lui. Je le comprenais.

— Une semaine plus tard, quand les Blancs arrivent dans cette ville de Sibérie pour délivrer le Tsar et sa famille… ils découvrent le charnier. Un magistrat enquête sur leur mort et confirme qu'Anastasia n'est pas morte dans la fusillade. Et le mystère commence.

— Quel mystère ?

— Mais, je vous en ai parlé tout à l'heure : le

mystère Anastasia ! On n'est pas sûr qu'elle soit morte cette nuit-là, mais alors pas du tout... Mais où est-elle ? Qu'est-elle devenue ? Les historiens, les... les journalistes, les stars de cinéma... tout le monde se pose la question !

Je commençais à sentir l'effet de l'alcool, j'avais un léger petit nuage au-dessus du crâne, une sensation plutôt agréable.

— Non Raymond, j'ai dit avec une audace toute nouvelle, je vous explique : il n'est pas sûr non plus que ma version soit la bonne, hein, la seule chose qui soit certaine c'est que ma grand-mère SAIT ce qui est réellement arrivé à Anastasia, et que cette vérité qu'elle est seule à connaître, la ronge. Voilà. Elle ne la dira qu'au directeur d'*Historia*, ne me demandez pas pourquoi, c'est comme ça. Elle est un peu... enfin vous avez dû remarquer, hein... Elle est un peu obsessionnelle, quand même...

Il a levé la main, à peine un signe et on lui a apporté un deuxième Cinzano, et une autre bière pour moi, je prévoyais déjà d'aller faire la sieste, comme une vieille Niçoise indolente.

— Vous Raymond, vous n'avez qu'une chose à faire, c'est d'écrire la lettre.

Il a pris Mimine contre lui, il paraissait très ennuyé.

— J'ai le temps de réfléchir, quand même ?

— Ben pas trop, Babouchka est pas au mieux de sa forme, vraiment…

— Oh quelle histoire ! Non mais quelle histoire… Vous m'en faites voir…

Je ne me suis pas sentie très honnête quand j'ai enfoncé le clou :

— Oui mais elle et vous… Vous avez ça en commun, hein : la maison de vos pères. La plantation d'orangers en Algérie, la grande demeure familiale, tout ça…

— Quelle plantation d'orangers ? Mais de quoi vous parlez ? Alors vous aussi, vous pensez que les pieds-noirs sont tous des colons qui faisaient suer le burnous, hein ? C'est ça qu'on vous apprend à l'école ?

— Ben non… De toute façon moi à l'école j'écoute rien, alors…

— Alors c'est pire. C'est une croyance populaire. C'est pire, vraiment.

— Excusez-moi mais c'est vous… Vous parliez de… de « la maison de nos pères »… Tchekhov… la Cerisaie…

— La Cerisaie ? Mais qu'est-ce que c'est que cette fantaisie ? « La maison de nos pères » ! Bien sûr « la maison de nos pères », mais c'est une façon de parler ! C'est la patrie, c'est les racines, pas besoin d'avoir un palais de dix étages, non mais alors !

Et quand il a rajusté son foulard bordeaux avec

rage, j'ai bien senti que c'était moi qu'il avait envie de garrotter. Mais moi j'avais déjà fini ma deuxième bière, et je flottais aussi sûrement et agréablement que la fumée de ce bar, et c'est pas peu dire.

— J'étais instituteur à Oran. Je vivais dans un deux pièces. J'ai débarqué tout seul, ici... J'arrivais même pas à prouver que j'étais français, les archives étaient restées en Algérie, dans les préfectures.

— Ah ! Les préfectures ! j'ai dit en me renversant sur ma chaise. Les préfectures ! Quelle merde !

— On peut dire ça comme ça.

Et il a fait signe pour un troisième Cinzano.

— J'avais quitté Oran sous les banderoles : « la valise ou le cercueil » et à Marseille les dockers nous ont accueillis avec de grands panneaux : « Les pieds-noirs à la mer », ça commençait bien.

— Ah les dockers ! Les dockers ! Quelle merde !

— Les journaux français disaient qu'on était des gens « douteux », vous imaginez ? A Nice on était bien. Mieux accueillis qu'ailleurs, en tout cas.

— Nice c'est bien pour les émigrés, non ?

Il a eu une petite grimace...

— Quoi ? j'ai demandé.

— Le borgne me fait peur. C'est une saleté... Méfiez-vous de lui. Il a des amis ici.

Et il a bu cul sec son troisième Cinzano, avant de rajouter :

— Nous, on n'avait jamais imaginé qu'on

quitterait l'Algérie, jamais. Quand je suis arrivé, j'ai dormi plusieurs nuits dans les rues. C'est comme ça que j'ai rencontré Fripouille, la maman de Mimine… Elle était pas bien en point la pauvre petite chienne. Eh oui… Enfin, je me suis débrouillé… Fallait bien. Mais je n'ai jamais adhéré aux associations de rapatriés, non jamais, j'avais pas envie de toute cette « Nostalgérie », comme ils disent… Même si c'est dur de lutter contre ça. C'est vraiment dur…

— Vous me faites penser à mon grand-père, Raymond !

— Ah bon ? Ça ne me rajeunit pas… Oh, j'ai trop bu… Je n'ai pas l'habitude de boire autant à jeun, ne croyez pas… On rentre ?

— On rentre ! j'ai lancé en me levant.

Et il a été drôlement fier quand je lui ai tendu mon bras. Il l'a pris en tanguant un peu, moi d'un côté, Mimine de l'autre, il souriait avec bonheur et ses collègues de bistro nous ont regardés comme si on n'allait pas, mais alors pas du tout ensemble. J'avais l'impression de le kidnapper, leur voler leur Raymond qui n'était déjà plus que l'ombre de lui-même.

— Vraiment vous me faites penser à mon grand-père. Je suis sûre que vous auriez pu être figurant à La Victorine ! Si, si !

— Pourquoi « figurant » ? Pourquoi pas second

rôle, ou même premier ? On m'a souvent dit que j'avais un petit quelque chose de Gabin.

— De Gabin ??? Attention !

On essayait de traverser le boulevard Jean Jaurès, mais les feux rouges n'étaient jamais raccord avec nos décisions et nous obligeaient à faire trois pas en avant, et tout de suite après, trois pas en arrière.

— C'est la première fois que je danse le tango boulevard Jean Jaurès, jeune fille…

— Ah mais le tango ! Attention au camion… Le tango, vous savez que dans le mime, le tango, c'est le même exercice que celui pour mimer l'homme qui rentre dans l'eau… Laissez passer le bus, Raymond !

— Le tango dans l'eau… ? Non, mais quelle histoire…

Et c'est en dansant qu'on est arrivés jusqu'à la rue Rossini, au moment où madame Claudine secouait son paillasson avec rancune.

— Et l'école ? elle m'a lancé comme si elle était inspecteur d'Académie.

— Elle écoute rien à l'école cette gaminc, plus la peine qu'elle y aille ! lui a lancé monsieur Tara, et il m'a murmuré : « Dieu ! Que cette femme-là est malheureuse ! »

Et le soir, il m'a apporté la réponse tant attendue de Melchior-Bonnet. Il désirait voir Macha Sergueievna au plus vite.

Quand je me rappelle ce matin-là, il me semble que c'est le matin le plus important et le plus incongru de toute mon enfance. J'étais arrivée à la clinique avec ma lettre au timbre trafiqué (j'avais trouvé dans le bureau de mon grand-père une lettre de Paris, dont la date sur l'enveloppe était marquée en si petits caractères que même avec ses lunettes à voir de près et une loupe, Babouchka n'aurait jamais pu la déchiffrer), et je la lui avais tendue comme une missive secrète, bien à l'abri de tout espion, dans notre chère « zone libre ».

Ses mains tremblaient, je revois le tremblement de ses mains, leur hésitation, comme les mains suspendues d'un pianiste avant l'attaque d'un mouvement, cette émotion solennelle, qui ne l'a plus quittée. J'étais inquiète de son émoi. J'étais honteuse de ma traîtrise. Et j'avais pensé à tout, sauf à ce qui a suivi. J'avais pensé qu'après avoir lu la lettre du « directeur » d'*Historia*, elle envisagerait sereinement sa sortie, planifierait avec bonheur notre voyage à Paris (Raymond prévoyait de téléphoner à Melchior-Bonnet pour lui annoncer l'arrivée imminente d'une cousine d'Anastasia Romanov qui, au seuil de la mort, acceptait de lui remettre des documents secrets), tout cela aurait coulé de source, se serait enchaîné avec la logique implacable de tous mes scénarios imaginaires, mes meilleurs Manderley. C'était compter sans le caractère imprévisible de Macha Sergueievna.

Nous étions assises sur un banc, le temps était clair, un peu frais, et elle avait passé un manteau par-dessus sa robe de chambre. Je lui ai tendu la lettre avec une facture EDF et un prospectus pour le musée océanographique de Monaco, pour brouiller les pistes. Je prenais l'air de rien, je jouais distraitement avec sa béquille, comme on joue par habitude avec un animal familier qui vous accompagne partout. Au fond de moi, j'étais malade. Mon ventre prenait une place inconsidérée, ma tête me faisait mal, j'étais anxieuse et très mal à l'aise. Elle n'a pas ouvert la facture, elle n'a pas regardé le prospectus, elle a ouvert l'enveloppe et lu la lettre, et puis elle a remis la lettre dans l'enveloppe et l'a glissée dans la poche de son manteau. Sans rien dire. Je traçais des signes idiots sur le gravier à nos pieds, je ne lâchais plus la béquille.

Sans le tremblement de ses mains, j'aurais pu penser qu'elle n'avait pas lu, ou pas compris. Mais ses doigts avaient 100 ans maintenant, ils frémissaient d'une façon convulsive, j'ai hésité à poser ma main sur la sienne pour les faire taire, mais j'étais tétanisée, incapable de la moindre initiative. J'osais à peine la regarder. Quand j'ai enfin levé les yeux vers elle, à demi, j'ai vu son regard sur moi. Profond. Réfléchi. Emu. J'ai souri bêtement en lançant un : « Ça va ? » vacillant.

— Ça va Sonietchka, ça va.

— Tu… tu veux que je ramène la facture ?

— Si tu veux.

— Et le… Le prospectus, c'est quoi ?

— Tu peux le ramener aussi.

— D'accord…

Et puis elle a cessé de me regarder. Elle a porté son regard loin, vers la petite guérite de l'entrée, la barrière qui laissait passer les ambulances. Elle s'est concentrée sur cette guérite comme si elle avait décidé d'aller y habiter. J'ai eu peur un moment que l'émotion ait été trop forte et l'ai fait décrocher de la réalité.

— Pas de mauvaise nouvelle… je veux dire : la lettre, là… ? Ça va ? Tout va bien ?

— Ça va Sonietchka, ça va.

On était loin des grandes effusions slaves, et nos rires ne se mêlaient pas à nos larmes comme je l'avais imaginé, personne n'aurait pu soupçonner que Macha Sergueievna venait de recevoir la lettre de sa vie. Je suis restée un moment à regarder le jardin, chercher un sujet de conversation, une amorce de dialogue.

— Tu savais que les directeurs de théâtre… et bien les directeurs de théâtre, ils offraient des roses à la comédienne qui était retenue pour le rôle, tu vois… et puis la comédienne qui n'avait pas le rôle, ils lui envoyaient des œillets. En France, en tout cas, tu vois, en France ça se passait comme ça… C'était un code…

Elle regardait toujours la guérite avec une concentration surprenante.

— Tu as vu toutes ces ambulances qui passent depuis tout à l'heure ? j'ai demandé pour tester son niveau de lucidité.

— Oui. Trrois sont entrrées, deux sont sorrties. On ne doit jamais offrrir des œillets à une actrrice, ton grrand-pèrre me l'avait dit.

Elle s'est levée, je l'ai soutenue un peu, je sentais son corps maigre, raide et tendu, je lui ai rendu sa béquille et on a marché comme ça dans le jardin, en regardant les œillets et les roses, pour ne pas voir les fauteuils roulants et les brancards, les silhouettes en miettes, la façon incroyable qu'a le corps de se casser avant de se rendre pour de bon. Au bout de quelques pas, j'ai compris que c'était elle qui me menait. J'ai laissé faire. Elle se rapprochait de la guérite avec la même lenteur et le même entêtement que lorsqu'on va au marché. Elle avait l'air d'une vieille femme hésitante, je savais moi, tout l'acharnement qu'elle mettait dans ces efforts. Le gardien a levé des petits yeux sourcilleux quand on est arrivées à sa hauteur, après avoir raclé péniblement le gravier pendant dix minutes, en silence et en accord.

— Hep, hep hep ! il a fait. Elle va où là, Mémé ?

Elle s'est redressée, je sentais les tendons de son bras se raidir à l'extrême, elle a levé le visage vers le planton, l'air mécontent et vengeur :

— Vous trrouvez ça norrmal ?

— Quoi ?

— Ce retarrd ?

— Ché retard ?

— Je dois passer une radio, à l'hôpital Saint-Rroch ! Elle est où l'ambulance, hein ? Je n'attends plus ! Je prrends un taxi, je n'attends plus !

Il a tendu son bras devant elle pour l'empêcher d'avancer, et m'a regardée avec l'air blasé de celui qui voit des vieilles toquées à longueur de journée. Il a décidé de ne s'adresser qu'à moi :

— Ramenez-la dans la chambre, c'est dangereux de rester dans le passage.

— Mais comment on va faire pour la radio ? j'ai demandé à mon tour.

Et j'ai senti le corps de Babouchka se relâcher un peu. Le type a eu une petite grimace, sa langue se baladait sur ses dents, comme s'il cherchait à se les curer.

— A quelle heure, le rendez-vous ?

— Ben… c'est déjà passé, hein, on est très en retard et c'est urgent, en plus.

Il a envoyé son doigt au fond de sa bouche et a commencé à se gratter la gencive, en levant les yeux au ciel, le regarder était pire sûrement que de regarder la mort en face, parce que je ne savais pas jusqu'où il était capable d'aller. Après s'être gratté, il a observé son doigt, l'a frotté contre son uniforme et il a dit :

— Le bon de sortie !

— Quoi ?

— Le bon de sortie !

Je n'y comprenais rien mais je me suis accrochée au mot « sortie », et je suis allée dans son sens :

— Ah oui… le bon de sortie, j'ai fait en fouillant dans mes poches.

L'autre penchait la tête maintenant, il souriait à demi, mais c'était pas de joie.

— Pas de bon de sortie, pas de sortie. Allez ! Zou !

Et il nous a fait signe de dégager. Mais pas vers l'extérieur. Vers la clinique. J'aurais voulu avoir la force de porter Babouchka dans mes bras et l'emmener loin, la soulever avec tout l'amour et l'admiration que j'avais pour elle, la retirer de ce lieu ridicule, ce passage minable avant une mort minable. Mais elle était lourde, boiteuse, fatiguée, et moi je n'avais ni bon de sortie ni imagination. J'ai donné une légère pression sur son bras pour amorcer un demi-tour résigné, mais elle me résistait. Je ne savais pas quoi faire. Je n'allais tout de même pas la sermonner, lui dire d'être raisonnable et de rejoindre la chambre commune en attendant que retentisse le *Minuit Chrétien* de midi.

— On peut attendre l'ambulance, quand même ? C'est peut-être eux qui l'ont, le bon ? j'ai tenté sans y croire, mais pour montrer à Babouchka que je n'abandonnais pas la partie.

— Vous dégagez ou j'appelle la sécurité ?

Et pour nous montrer sa puissance, il a sorti un talkie-walkie qui crachouillait dans le vide. Il avait perdu son air goguenard, et ses petits yeux sont devenus gris.

— On me la fait pas, à moi ! il a dit en remontant un peu les épaules, comme s'il allait recevoir illico une décoration pour nous avoir empêchées de partir.

Je ne comprenais pas pourquoi ce type s'énervait comme ça, ni le plaisir qu'il prenait à nous traiter comme des moins-que-rien. Je pressentais qu'on s'y était mal prises, sûrement j'avais l'air trop suppliant, et Babouchka trop fatigué. J'ai senti sa jambe blessée fléchir, j'ai serré son bras plus fort et j'ai essayé encore de l'entraîner à l'écart pour lui parler, ce qui n'était pas forcément malin puisque sourde comme elle est, je ne peux rien lui dire sans que ça profite aux alentours. Mais elle me résistait toujours. Et puis elle a regardé le type avec une expression de haine que je ne lui avais jamais vue, jamais, même quand elle parle des purges staliniennes avec ses vieilles copines, même quand elle dit « Loubianka », ou « Tchéka », des noms qui la font frémir à coup sûr.

— Combien ? elle a demandé.

Sa voix était basse, menaçante, l'autre a ouvert les yeux si grands, il avait l'expression du loup affamé des dessins animés, il a éteint son talkie-walkie, il s'est assis et il a dit :

— Quoi ???

Elle s'est tournée vers moi :

— Combien tu as, Sonietchka ?

Moi, je n'ai pas compris tout de suite. Le gardien non plus. Elle, elle a continué sur sa lancée, elle m'a fait signe d'ouvrir mon sac, j'étais terrifiée, j'hésitais mais elle était pressée, et ses doigts me donnaient des ordres, « vite ! plus vite que ça ! » ils faisaient, mais je savais bien que je n'avais rien, à part le prix d'un ticket de bus et encore. Le type soufflait comme un bœuf maintenant, je crois qu'il hésitait entre la peur et la colère, Babouchka était on ne peut plus sûre d'elle. Je lui ai montré l'intérieur de mon porte-monnaie avec tristesse... Le type a ricané. Ils se regardaient bien en face maintenant, avec ma grand-mère, il a fait plusieurs fois « non non non » de la tête, avec un air écœuré et découragé et il a demandé d'une voix lente :

— Mais c'est quoi c't accent ? Ça se passe peut-être comme ça là-bas, chez vous, hein ! On est en France, ici : en FRAN-CE ! VOUS COM-PRENEZ ?

Là, c'était bien à elle qu'il parlait, avec ce ton protecteur et inquiétant, cette espèce de dégoût qu'il essayait d'exprimer. Elle le regardait maintenant en hochant la tête, j'avais l'impression qu'elle l'avait déjà vu avant et qu'elle le reconnaissait lentement. Elle a lâché mon bras, et ses doigts tremblaient toujours quand elle a arraché la broche accrochée au revers de son col. Elle l'a posée sur la tablette de la guérite en disant :

— Bon de sorrtie !

Et quand le gardien a lancé des petits coups d'œil apeurés tout autour, j'ai su qu'il la prendrait. C'était le moment ou jamais de filer.

On a filé.

Déjà, je ne la regardais plus de la même façon. J'avais vu de quoi elle était capable, j'avais vu à quel point elle connaissait l'espèce humaine, et comment elle savait traiter avec elle. C'était la première fois que je m'étais sentie protégée par ma grand-mère, et je comprenais mieux maintenant comment son doux mari l'avait suivie, avait accepté l'exil, le long voyage l'hiver à travers l'Europe, et avec le bébé, je comprenais mieux aussi la jalousie de ses vieilles copines et leur rancune.

Elle a gardé cette étrange rage intérieure jusqu'au bout. Elle avait soudain un esprit d'organisation sans appel. Sans exprimer aucune joie ni même la plus simple excitation concernant sa rencontre historique avec le directeur d'*Historia*, elle a orchestré tout ce qui a suivi. En sortant de la clinique elle a hélé un taxi, dans lequel elle est restée tandis que je montais à l'appartement, chercher l'argent de la course. Arrivée chez elle, elle a décidé d'éviter sa chambre et s'est allongée sur le canapé du salon en me demandant de tirer le fil du téléphone et de lui apporter l'appareil. Elle voulait un thé aussi. Des coussins. Et de quoi noter. Je me disais avec angoisse que si Melchior-Bonnet refusait de la croire, ou même de l'entendre, la déception serait à la hauteur de la vaillance avec laquelle elle préparait notre départ pour Paris. Elle ne m'expliquait rien, comme d'habitude. Et parlait russe au téléphone. Il n'y avait aucune complicité entre nous : elle demandait, j'exécutais. Ce qui avait changé c'était cette façon qu'elle avait de m'observer, avec une petite pointe d'interrogation dans le regard. La seule explication à nos préparatifs a été : « Nous allons parrler à Melchior-Bonnet », et la seule initiative qu'elle m'a laissée prendre a été d'aller chercher nos billets de train. Suzanne a fait en sorte que je ne paye qu'un billet pour le prix de deux, elle avait mis son père dans la confidence sans y croire vraiment, mais il s'était exécuté avec un zèle qui l'avait surprise elle-même. « Mon père, elle m'a dit, je n'en vois que le haut du crâne. Le dessus de sa casquette blanche, que ma mère lave tous les deux jours, tu comprends ? Ma chambre donne juste au-dessus de la salle des machines, et je le regarde, mais comme il lève jamais la tête vers moi, eh ben mon père, j'en vois que le haut du crâne. On se connaît pas beaucoup, tous les deux. Mais pour les billets il a été extra, hein ? Il m'a dit qu'il fallait respecter ses aïeux, et que toi tu respectais tes aïeux, et même il m'a dit "prends exemple", sauf que je sais pas comment faire parce que je n'ai plus mes grands-parents. Sûrement il parle pour lui, ma mère dit toujours : "Il assure ses arrières, il est fonctionnaire" et c'est vrai que vu comme ma mère le supporte pas, j'ai intérêt à avoir de la présence, plus tard. Quand il sera vieux comme ta grand-mère. »

Il y a eu au téléphone une conversation en russe bien plus longue que toutes les autres, après laquelle Babouchka m'a demandé de noter : « Nicolas Savitsky. 8 rue Laffitte, Paris 9e. » Et elle a rajouté : « Apprrends ce nom et cette adrresse, Sonietchka, apprrends-les bien par cœur. C'est là qu'il faut aller », et elle avait l'air drôlement contente et rassurée après avoir eu ce Nicolas au téléphone.

— C'est qui ? Un ami à toi ?

J'imaginais déjà l'émigré centenaire qui après m'avoir demandé en quelle classe j'étais et combien je mesurais, allait palabrer des heures avec elle sur l'éternelle question jamais résolue du : « Fallait-il partir faudrait-il revenir ? », toutes ces obsessions vaines et dépassées depuis longtemps. L'URSS était fermée à double tour, inutile de songer à grimper à la tour après avoir tué le dragon, on ne rentrait ni par la porte de service ni par le donjon et d'ailleurs, existait-il encore des donjons avec des princesses à délivrer, rien n'était moins sûr.

— Nicolas est le fils d'un ami de ton grrand-pèrre.

Et elle a souri en hochant la tête, des souvenirs plutôt agréables avaient l'air de lui revenir en mémoire.

J'aurais dû comprendre bien plus tôt. J'aurais dû au moins être alertée quand elle m'a demandé de prendre la valise en haut de l'armoire, la seule qui restait maintenant, et de mettre mes affaires dedans, sans s'en préoccuper à son tour. Mais j'étais minée par l'appréhension, et tellement peinée aussi qu'elle me fasse si peu confiance, qu'elle ne partage rien avec moi, à part une logistique toute militaire.

Le matin du 21 septembre, il faisait nuit quand je me suis levée. Notre train partait à 7 heures 03. Avec l'esprit d'organisation qui était le sien à présent, Babouchka avait commandé un taxi la veille, pour 6 heures. C'était aussi tôt que si elle avait décidé de se rendre à pied à la gare en faisant trois fois le tour du pâté de maisons, mais je n'osais rien dire, je sais combien les vieux ont besoin d'anticiper et d'avoir de la marge, leur temps de réaction est amoindri. Enfin, c'est ce que je croyais. Le temps de réaction de Babouchka n'était pas amoindri du tout, elle avait même trois coups d'avance, mais ça je ne le savais pas.

Quand je me suis levée, elle était déjà prête. Habillée, coiffée, maquillée, gantée. Le rouge à lèvres ne débordait pas, ses bas n'étaient pas filés, et la laque Elnett bien répartie ne faisait aucune masse bleutée dans ses cheveux. A croire qu'elle avait passé la nuit à se préparer, traquer et retoucher la moindre erreur. Elle avait fait du café au lait. Elle s'est assise en face de moi pour me regarder le boire, et m'observait avec une telle concentration que je me suis demandé si elle n'allait pas me dessiner avant de partir. L'odeur de café au lait ce matin-là, dans la nuit de l'appartement aux persiennes baissées, au silence un peu mystérieux, cette odeur que j'avais tant détestée, avait un léger goût de cannelle, quelque chose de doux et de sucré. Je l'ai bu sans en avoir envie mais sans dégoût, il était tôt et j'étais minée d'angoisse, mais elle l'avait préparé pour moi, et je l'imaginais cognant sa béquille dans la cuisine trop petite, indifférente à l'odeur du gaz guettant désespérément l'allumette, et elle absorbée et inconsciente, comme d'habitude. Elle avait apparemment décidé de prendre soin de moi, me remettre à mon ancienne place de « petite-fille », comme si elle avait oublié tout ce que j'avais fait depuis sa chute, tout ce dont j'avais été capable, et le temps qui avait passé aussi.

Au moment de quitter l'appartement, elle s'est immobilisée un instant, elle avait un peu de mal à respirer et s'est accrochée au chambranle de la porte. Ça a duré quelques secondes, et puis elle a souri. Un drôle de sourire. Plus jeune qu'elle, lumineux. Je ne lui connaissais pas cette expression de joie toute pure. Je me suis dit qu'elle était drôlement contente d'avoir enfin ce fichu rendez-vous dans les bureaux d'*Historia*, qu'elle avait gagné la partie. Je n'ai pas imaginé une seconde qu'elle me souriait.

Le taxi était déjà en bas. Mais quand on s'est installées derrière, quand elle est arrivée à se plier, se casser en deux pour passer la portière trop étroite, s'asseoir sur la banquette trop basse, ces sièges trop rapprochés pour mettre ses jambes et caser sa béquille, quand elle a surmonté toutes ces difficultés, elle a demandé au chauffeur de nous conduire sur la Promenade des Anglais. J'ai voulu rectifier, mais sans brusquerie, sans l'humilier, à peine le temps de dire au chauffeur : « On a un train à... », qu'elle m'a dit doucement : « Sonietchka. Nous allons d'aborrd sur la Prromenade des

Anglais. » J'ai pensé que c'était pour ça qu'elle avait commandé le taxi tellement en avance : avant de partir elle voulait voir la mer, le soleil se lever sur la ligne d'horizon et le matin envahir lentement le ciel. Mais quand on est arrivées sur la Promenade, elle a payé la course, en vérifiant la monnaie et sans se faire avoir, et elle m'a demandé de prendre la valise. Je trouvais dommage qu'on lâche notre taxi et qu'on en guette un autre pour aller à la gare, mais j'ai obéi – jusqu'ici elle avait fait un sans-faute, je n'allais pas commencer à la contredire maintenant.

On s'est assises sur un banc. Elle regardait la mer fixement, sans parler, alors j'ai fait pareil, j'ai tenté de participer à ce que je croyais être une sorte de rituel, j'essayais de me concentrer à fond dans le solennel, tout en lançant des coups d'œil discrets à ma montre. Et puis, j'ai entendu sa respiration. Elle a respiré très fort, et elle a dit :

— Puisque tu veux savoirr, tu vas savoirr.

J'ai juste fait : « Hum », parce que je ne savais pas ce que je devais faire, comment réagir, c'était la première fois qu'elle décidait de me parler vraiment, je veux dire « directement », sans passer par une lettre destinée à quelqu'un d'autre. Alors mon cœur a commencé à s'affoler, perdre son rythme normal, et ce n'était plus le bruit des vagues que j'entendais, mais une sorte de bourdonnement continu dans les oreilles.

— Anastasia n'est pas morrte cette nuit-là. Ni elle. Ni sa famille.

C'était un peu comme si ma vie venait de s'écrouler. Tous les mythes, les légendes, les croyances, et même les peurs de mon enfance, tout venait de disparaître, avec une seule phrase.

— Anastasia, tu sais… elle était differrente de ses sœurs. Elle était drrôle, audacieuse, plus librre qu'elles… J'étais amie avec Gleb Botkine, qui l'avait bien connue à Pétersbourg, et aussi en Sibérrie : son père était le docteur de la famille impériale… ce pauvrre docteur Botkine… C'est lui qui a été tué avec les domestiques et la femme de chambrre, cette nuit-là, dans la maison à destination spéciale d'Ekaterinbourg. Les Bolcheviques les ont massacrés pour simuler le meurrtrre de la famille Romanov tout entierre.

J'ai cru un moment qu'elle mélangeait les morts et les vivants, les époques et les lieux. Je l'écoutais avec une petite méfiance qui me protégeait de trop d'émotions.

— Nicolas II a été exécuté seul, dans la forrêt, par le soviet local, sous la pression des socialistes révolutionnairres qui venaient de découvrrir un complot : les Tchèques et les Blancs s'apprêtaient à délivrrer les Romanov pour les amener en Tchécoslovaquie. Lénine a laissé exécuter le Tsarr, mais pas les femmes. En exécutant le Tsarr, on sauvait la famille.

— Mais pourquoi il voulait sauver les femmes ? Je croyais que tu le détestais, Lénine ?

— Qu'est-ce que ça vient fairre là, que je le déteste ou non ? Et pourrquoi tu n'écoutes pas jusqu'au bout ? Ecoute jusqu'au bout, comme ça tu pourras le dirre après, toi aussi. En mars, Lénine avait signé la paix de Brest-Litovsk, cet accorrd avec l'ennemi allemand, en pleine guerre mondiale. Il préférrait signer avec l'Allemagne, arrêter la guerre, démembrer la Rrussie et sauver sa rrévolution, tu comprrends ? L'impérratrice était allemande, et il n'avait aucun intérêt à l'exécuter et romprre cette paix. C'est uniquement pourr cela qu'elle a été épargnée, et pour d'autrres pactes, plus secrets... Lénine avait reçu de l'arrgent de Guillaume II, à la veille de la Révolution. Bon. Ecoute maintenant. Quand les Blancs ont trrouvé la maison à destination spéciale vide, et qu'ils ont enquêté, il n'était pas possible pourr eux non plus, d'avouer que la famille impérriale avait été sauvée par les ennemis de la Russie, les Allemands. C'était une honte, un tel déshonneurr, n'oublie pas la guerre !

Ce qui était pour elle une sorte de secret de famille, devait m'apparaître comme une évidence dont j'aurais dû me douter. J'avais envie de la suivre, mais j'avais peur de son monde, dangereux, si compliqué et trouble.

— La tsarine et ses quatrre filles ont été envoyées à Perm, là où les Rouges se repliaient, entrre Ekaterinbourg et Moscou. On les a fait monter dans un trrain de marchandises et on les a envoyées là-bas, dans la maison Bériozine, elles vivaient dans la cave, affamées, humiliées, peut-êtrre même violées. C'est de cette maison qu'Anastasia s'est enfuie, avec un de ses garrdiens parce qu'elle l'aimait... et qu'elle avait peur d'êtrre exécutée elle aussi, comme son pèrre. Elle a été rattrapée par la police, et tellement battue, tellement maltrraitée, que la Tchéka a fait venir un médecin pour la soigner. Mais dès qu'elle a été soignée, elle s'est évadée une seconde fois, toujourrs avec son garrdien, c'était un Allemand, il l'a fait passer en Allemagne. C'est là qu'elle a retrrouvé ses deux tantes, Olga et Xénia, les sœurrs du Tsar, et c'est là qu'on lui a donné le nom de « Madame Tchaikovski », pourr que sa vie ne soit pas en danger.

— « Madame Tchaikovski » ? Et les autres, alors ? La tsarine et ses sœurs, elles étaient où ? Et Alexis, tu m'en parles même pas ?

— Ne m'interromps pas, je te l'ai déjà dit ! C'est compliqué pourr moi de tout devoirr t'expliquer. Alexis était hémophile. Un enfant malade pour tous les orrthodoxes, c'est un intouchable. Un prrotégé de Dieu. Qui aurrait osé s'attaquer à Alexis ? Qui ?

Je voyais bien qu'elle m'en voulait de n'avoir jamais posé de questions auparavant, elle avait pris ma discrétion pour de l'indifférence, et je n'avais jamais été son « interlocutrice privilégiée » que par défaut, une espèce de remplaçante, de pis-aller.

— Aprrès l'évasion d'Anastasia, ses trrois sœurs ont été transférées en Ukraine. Il y a une chose que tu dois bien comprrendre : tout le monde avait intérêt à ce qu'on n'entende plus parrler des Romanov, tout le monde : les Rouges, mais aussi les Blancs, alors les deux ont fait des rapporrts, des enquêtes officielles qui écarrtaient les témoignages gênants, parrfois même en exécutant les témoins. Les Rouges et les Blancs avaient les mêmes verrsions et les mêmes conclusions. Mon ami Gleb Botkine m'a parrlé si longtemps, avant de s'exiler définitivement aux Etats-Unis. Ecoute bien. Une fois qu'elle a été chez ses tantes en Allemagne, Anastasia a voulu prrouver qu'elle était bien la fille du Tsar, et elle a prononcé cette phrase qui l'a perrdue : « L'oncle Ernie est venu à Petrograd en décembre 1916 »... L'oncle Ernie était le frère de l'impératrice, ainsi Anastasia confirrmait l'idée qu'en 1916 le Tsar avait voulu trahirr les Alliés. C'était un secrret. Alors une fois qu'il a été clairr pour tous que Nicolas II était mort, la famille

Romanov a sacrrifié Anastasia à la raison d'Etat, et désigné comme herritier de la couronne, le grand-duc Cyrille... Il esperrait régner un jour sur la Russie. A l'époque, on ne savait pas que ça durrerait si longtemps, le règne des Bolcheviques. Qui pouvait savoirr? Même pas eux, qui craignaient tellement l'avancée des Blancs dans tout le pays. Même pas nous, qui sommes partis en esperrant revenirr... Et ceux qui sont revenus sont morrts dans les goulags, ou se sont suicidés... Ecoute-moi encore un peu...

Elle s'est radoucie. Tous ses disparus, ses martyrs, et peut-être même les paysages de sa jeunesse, tout lui revenait en mémoire, elle a relâché un peu sa sévérité, pour eux plus que pour moi, sûrement.

— En Allemagne, après la déclarration d'Anastasia sur l'oncle Ernie, les Romanov l'ont déclarée folle, et puis ils l'ont abandonnée. Elle avait 18 ans. Elle était enceinte, sûrrement de son gardien. En 1920, le monde entier savait qu'on avait retrrouvé la fille du Tsar, alors aprrès l'avoir lâchée, la branche Cyrille des Romanov a fabriqué de nouvelles Anastasia, pour démontrer la soi-disante imposturre. Et puis il y en a eu d'autrres, qui se sont fabriquées toutes seules, pendant tant et tant d'années. Il y en a plus de trente, oui, plus de trente... C'est cela la verrité.

— Mais... la cave. La photo dans *Historia*...

— Je t'ai dit qu'à la cave on n'avait exécuté que le docteurr Botkine et les domestiques, et comment veux-tu que 22 perrsonnes tiennent dans 24 mètres carrés ? La pièce était trrop petite.

— Mais le feu ? Les corps brûlés dans la forêt des quatre frères ?

— Le feu ? Sonietchka, enfin ! Le feu ne peut pas anéantirr autant de cadavrres ! Les dents ne peuvent pas êtrre détrruites par le feu, tout cela était fait pour faire croirre au massacre et qu'on n'en parrle plus, qu'on ne les cherrche plus, qu'il n'y ait plus ni danger ni monnaie d'échange. Voilà !

« Faire croire au massacre et qu'on n'en parle plus » ? Mais j'y avais cru moi, au massacre, puisqu'elle ne parlait que de cela depuis que j'étais née. Je n'étais pas prête à la laisser tout effacer si facilement.

— Je croyais qu'on avait retrouvé les corsets, les six corsets dans le puits, et les bijoux, les fameux diamants, tu me parlais toujours de ces diamants qui font rebondir les balles des bourreaux.

— Ces corrsets retrouvés dans le puits n'avaient pas de trraces de balles, et les diamants étaient ceux cachés par les domestiques dans les coussins, les orreillers. Tout cela s'appelle « la mise en scène », est-ce que tu comprrends ? Il FAUT que tu comprrennes. Nous n'avons plus beaucoup de temps.

Elle a tourné la tête : un autre taxi attendait. Elle avait pensé à ça, aussi : elle avait calculé le temps que cela prendrait de dire la vérité, et de remonter à la gare en voiture, pour ne pas rater le train de 7 heures 03. Elle a fait un petit signe au chauffeur pour lui signifier qu'on était là, elle s'est levée et puis, en me regardant au fond des yeux, avec son regard bleu de Machenka, elle m'a dit lentement, comme on parle à un enfant pas assez raisonnable :

— Nicolas Savitsky, 8 rue Laffitte, à Parris. C'est là que tu vas aller, c'est avec lui que vit ta merre. Elle en a mis du temps, à le rejoindre, soi-disant qu'il était trrop russe ! Enfin… Maintenant elle a accepté tout ça…

Et elle m'a poussée vers la voiture.

— Je ne viens pas, elle a dit avant que j'aie eu le temps de demander quoi que ce soit.

Je me souviens avoir entendu les mouettes se disputer, je me souviens de cet instant précis où le cri des mouettes est devenu insupportable.

— Mais… tu me dis ça, maintenant ? Là, maintenant, tu me dis que tu ne viens pas ?

J'étais stupéfaite, et furieuse contre elle, pour la première fois. Je me sentais trahie, par tout ce qu'elle m'avait caché jusqu'alors, par tout ce qu'elle m'avait laissé croire depuis que j'étais petite, et aussi parce que depuis son retour de la clinique, elle me mentait. Elle n'avait jamais cru à la lettre de

Melchior-Bonnet. Elle m'avait laissée prendre deux billets de train, croire à notre grand voyage historique, et sûrement il n'y avait pas le moindre vêtement à elle dans sa valise d'exilée, et maintenant elle m'expédiait chez ma mère qui filait le parfait amour avec un ami de la famille, elle me balançait dans cette vieille romance comme un chien dans un jeu de quilles, bon Dieu ! Pourquoi est-ce que je ne m'appelais pas « Camille Dubois » ? Pourquoi est-ce que j'appartenais à cette vieille famille d'émigrés angoissés et calculateurs ?

— Tu m'abandonnes c'est ça, hein ? Tu me lâches ? Moi, je suis juste la gamine qui n'aurait jamais survécu à la Révolution, c'est ça que je suis pour toi ? Qu'est-ce que ça peut me faire à moi, qu'Anastasia soit morte enceinte d'un gardien ou au fond d'une cave de Sibérie ? Tu dis qu'on l'a sacrifiée à la raison d'Etat, mais moi ? A quoi tu m'as sacrifiée, moi qui ai passé ma jeunesse à péter de trouille, parfaitement : à péter de trouille à l'idée qu'elle réapparaisse, et puis que tu meures étouffée avec tes vérités historiques périmées ? La tapisserie rayée et le mur défoncé, tu sais combien de fois j'en ai cauchemardé, hein ? Tu sais que c'est ça pour moi, la Russie ? La Russie pour moi c'est pas Tchekhov, des roses et... et une tomate en Crimée ! C'est l'horreur de cette famille qu'on massacre pendant des heures, qui disparaît et puis qui revient, qui est partout, quand je me couche, quand je me lève, quand je prie, quand je rêve, et toi tu savais, tu savais tout et jamais tu m'as dit « c'est un conte c'est une légende c'est juste une histoire pour faire peur aux enfants », non, tu m'as laissée y croire et j'y ai cru ! Qu'est-ce que tu imaginais ? Que si tu me parlais, on allait t'exécuter, toi aussi ? Mais tu n'existes plus pour eux, là-bas, c'est fini la Russie, c'est fini ! Ton enfance, tes parents, ta Babouchka à toi, c'était qui ? Ils sont où ? Tu viens d'où ? Je te le demande maintenant, parce que maintenant, je m'en fous ! Maintenant, je suis contente de partir ! Contente de quitter cette ville où on hésite entre se noyer ou se faire écraser par une avalanche ! Garde-les tes vieux numéros d'*Historia*, et tes brouillons de lettres, mais si tu savais comme tu écris mal le français, et tes formules de politesse, ah ! mais qu'est-ce qu'il a dû se marrer, le Melchior-Bonnet, quand il lisait tes : « Recevez mes plus hautes amitiés honorables ! », d'ailleurs il devait même plus les lire, il les foutait à la poubelle avant même de les avoir lues c'est sûr, parce qu'il était comme moi, et comme ma mère, et comme ton mari : il en avait marre ! J'en ai marre, tu comprends ? J'en ai marre ! Mais qu'est-ce que j'en ai marre !

Le taxi s'est barré. Les mouettes se disputaient un poisson mort en volant vers les égouts, Babouchka se tenait à sa béquille en me regardant avec étonnement, je la trouvais drôlement calme, je tenais si peu de place dans sa vie, que même lui faire de la peine n'était pas en mon pouvoir. Elle a laissé passer un petit moment, et puis elle a dit :

— Je crrois que tu as raté ton trrain.

Et elle a rajouté :

— Je suis une femme orrgeuilleuse et égoïste. Il fallait peut-êtrre ça, pour « surrvivre à la Révolution », comme tu dis ! Et peureuse aussi, c'est vrrai, je suis peureuse. Staline. Brejnev. Avoir peurr de ces gens-là même quand on n'existe plus pourr eux… c'est leurr force, tu comprrends ? La Russie… Babouchka… Je ne t'en ai jamais parrlé c'est vrrai, peut-êtrre parce que ta mère me reprochait tellement ma nostalgie, alorrs… Et maintenant tu dois parrtir, chez elle ou ailleurrs, tu peux te débrrouiller toute seule. Tu es une obstinée. J'ai confiance.

J'ai regardé la mer, je l'ai regardée du plus loin que j'ai pu, l'horizon était tracé d'un long trait droit sans appel.

— Et toi ?

— Moi… je suis fatiguée, mais tellement fatiguée !

Et pour montrer sa bonne foi, elle s'est assise sur la valise, sa béquille posée devant elle la canne d'un dandy. Je regardais toujours la mer, le soleil qui émergeait derrière l'horizon, un monstre énorme et paresseux, Babouchka elle, regardait le Palais de la Méditerranée, posé en face, et qui nous survivrait sûrement, et qui nous oublierait comme les autres, et qui s'en foutait.

— J'ai tellement embêté ta merre pour qu'elle te donne un nom russe. Elle voulait t'appeler « Madeleine »... ou « Camille », je ne sais plus, enfin c'était idiot. J'ai prroposé « Sonia », parce que je savais que je dirrais « Sonietchka », c'est bien, non ? Tu peux choisir la prrononciation ? Un peu russe, un peu frrançais... Allez vas-y, maintenant, il y aurra bien un autrre train pour Parris.

Je l'ai aidée, pour la dernière fois, à se relever. Elle s'est accrochée à mon épaule, pour la dernière fois. Elle avait défoncé un peu la valise, et ça nous a fait rire. Je me suis dit que j'allais prendre un car phocéen place Masséna, et pousser jusqu'à Aix, je me suis dit que ce serait bien de quitter la Provence en prenant mon temps. Je suis descendue sur la plage et j'ai ramassé un galet que j'ai mis dans ma poche, à la place de mon prénom franco-russe, et de mon adresse inconnue, maintenant. J'ai posé mes lèvres tout contre l'oreille de Babouchka, elle sentait le parfum français et le savon, je lui ai dit : « Plus tard, je serai écrivain. » Elle a hoché la tête, elle était d'accord. « Et ce que tu viens de me dire, la vérité sur Anastasia, je l'écrirai. Et ce qu'on a vécu toutes les deux, ça aussi je l'écrirai. » Elle a hoché la tête encore, mais les yeux fermés cette fois, ses lèvres tremblaient un peu, alors je suis partie.

Elle est morte peu de temps après, au 37 rue Rossini, dans la nuit du 24 au 25 octobre 1974, soit 57 ans tout juste après la Révolution, selon le calendrier julien.

Il m'arrive parfois, quand je marche dans les rues de Paris, de ressentir une petite douleur à l'épaule. Je souris alors, en pensant à cet ange gardien têtu et orgueilleux, qui me protège de tous les dangers que j'ignore.

Merci à Jean-Paul Enthoven.

CET OUVRAGE A ÉTÉ COMPOSÉ
PAR IGS-CP À L'ISLE-D'ESPAGNAC (16)
ET ACHEVÉ D'IMPRIMER
SUR ROTO-PAGE
PAR L'IMPRIMERIE FLOCH
À MAYENNE EN JUIN 2008

N° d'édition : 15373 – N° d'impression : 71499
Dépôt légal : août 2008
Imprimé en France